ESCRITORAS DE HOY

Salima Ghezali

LOS AMANTES DE SHEREZADE

PLANETA DeAGOSTINI®

Colección: Escritoras de Hoy
Director editorial: Virgilio Ortega
Coordinación: Pilar Mora
Diseño cubierta: Durán Bóo & asociados s.l.
Realización gráfica: Noemí Reyes

Título original: *Les amants de Sheherazade*
Traducción: Nuria Pujol

ISBN: 84-395-8542-X
Depósito legal: NA. 677-2000

Imprime: Rodesa (Rotativas de Estella, S.A.)
Villatuerta (Navarra)
Distribuye: Logista
Aragonés, 18 - Polígono Industrial Alcobendas
28108 Alcobendas (Madrid)
Printed in Spain - Impreso en España

Prólogo

Cuando me pidieron que escribiera el prólogo de este libro de Salima, me sentí emocionado e inquieto.

Emocionado por el honor que para mí supone articular unas palabras junto a la belleza dramática de un texto apasionado y lúcido, escrito con el corazón y la inteligencia de una persona comprometida con todos y cada uno de los valores que constituyen la esencia de la civilización frente a la barbarie.

Emocionado por poner mi firma junto a la protagonista de este ejercicio de honestidad y de creatividad, junto a la persona que encarna el símbolo de la dignidad pisoteada, de la inteligencia despreciada, del amor a la vida en medio del odio desatado en forma de masacres incomprensibles, de la crueldad sin límites, de la violación de todos los derechos.

Emocionado, apenas dejado atrás el 50.° Aniversario de la Declaración de los Derechos Humanos, por poder contribuir a difundir su palabra, en este caso escrita, para que seamos más los que sintamos y aprendamos con este libro que nos cuenta de personas e historias de ese país tan próximo y a la vez (¿por qué?) tan lejano.

E inquieto, porque quién soy yo para osar siquiera aportar algún elemento válido que añada valor a este magnífico texto, tan bello y clarificador, tan descriptivo, una crónica casi cotidiana del miedo, del vacío, de la desesperanza y de la muerte en la que han sumido unos y otros a argelinas y argelinos. Crónica también de la vida, del amor, de la resistencia, de las dudas y confusiones que acompañan siempre a las tragedias.

Salima tiene detrás una historia de compromiso con la liberación de la mujer y los derechos humanos, de lucha arriesgada por el ejercicio osado de la libertad de expresión. Y de amor y entrega a su país, desde la lucidez que aporta el huir de los chovinismos nacionalistas.

Siempre que la he leído o escuchado, me ha marcado su maravilloso equilibrio entre razón y corazón. Piensan algunos que el razonamiento debe ser frío, y confunden el corazón con el sentimentalismo manipulable que, a veces, puede llevar al fanatismo o a la irracionalidad. Otros, suelen dejarse llevar por las pasiones, olvidando el razonamiento en la interpretación de las cosas. Es difícil muchas veces, pero admirable siempre, lograr esa pasión por la vida y la libertad, sin dejarse arrastrar por las emociones que nublan la inteligencia. Vivir en Argelia, luchar por Argelia, siendo periodista y mujer, en medio del horror inacabable, es una de esas situaciones límite en las que mantener ese equilibrio del que hablo refleja una grandeza de espíritu envidiable. Y extraordinario.

Por eso he admirado siempre a Salima, y mi admiración crece con el paso del tiempo y con cada nuevo drama que golpea a su pueblo, dentro de lo cotidiano de un desastre permanente, que dificulta aún más la resistencia de la inteligencia y que demanda una valentía adicional para no sucumbir a las variadas tentaciones que provoca la violencia sin límites.

Su discurso ante el Parlamento Europeo cuando le entregamos el premio Sajarov, modestísimo reconocimiento a su trayectoria y compromiso, fue un ejemplo de sensibilidad, energía y coraje. Me hizo sentir una vez más la impotencia y vergüenza de ser parte de una Europa no sólo egoísta, sino corresponsable de tanto desastre humano como nos rodea.

El horror de Argelia es un horror de pocas imágenes. Tenemos que conformarnos con las cifras. De negocios unas: importantes, cruciales, estratégicas, como el gas. Aterradoras, elocuentes, pero incomprensibles y olvidables otras: las del horror y las masacres. Y manipulables, cuando no pueden ser contrastadas por los periodistas, muchas veces involuntariamente ausentes: unos, porque fueron asesinados (más de sesenta); otros, porque no obtienen visado o permiso para conocer y transmitir. Y siempre, por la censura, por el silencio impuesto con el miedo y con la expulsión de las ONG.

Hemos tenido que conformarnos, salvo excepciones que incluyen el esfuerzo de denuncia de las ONG de derechos humanos y de periodistas como Salima, con lo que nos permiten ver y escuchar las autoridades de Argelia, parte activa (a veces, sorprendentemente pasiva) de una concatenación de hechos y decisiones autocráticas y autoritarias que forman parte de las causas y de los resultados que padecen argelinas y argelinos: no se nos ayuda a entender.

Pero la mayoría, tampoco hace el esfuerzo.

Esfuerzo: idea casi olvidada en esta Europa que sólo lo comprende cuando se refiere al que hay que hacer para salir adelante o triunfar en lo personal. Aparcado como concepto cuando se trata de defender valores, principios, derechos que, desmemoriados, consideramos gratuitos y garantizados para nosotros. Y poco importantes para otros pueblos vecinos. Esfuerzo es la palabra clave.

Esfuerzo para entender, más allá de la emoción, qué está pasando. Y lo primero es querer hacerlo, huyendo de lo sencillo, de las versiones oficiales, de las interpretaciones fáciles y simplistas, sin caer en la tentación de concluir que lo complejo es siempre incomprensible. Ese ejercicio sólo suele ser posible cuando parte de la certeza de que lo que acontece nos compete y afecta, más allá de consideraciones éticas o solidarias tantas veces aparcadas ante lo inmediato de nuestros intereses cercanos. Nos compete y afecta porque la barbarie y sus consecuencias son contagiosas y no estamos a salvo de que nos conduzcan a ella los mismos que la azuzan, promueven o permiten a unos kilómetros de nuestras fronteras. La pasividad es casi siempre suicida y antesala de todas las desgracias. Y junto a la confusión, garantía de desastres.

Este libro es un aporte esencial, humano y tierno, para que entendamos mejor el dolor y sus génesis, su espiral destructiva, entre personas que son como nosotros. Que tienen las mismas aspiraciones, deseos, derechos y sueños, pero que atraviesan por la más terrible de las pesadillas: la que te enseña que la muerte te espera en cualquier momento y la que te arrebata la esperanza. Y leerlo es un paso hacia esa sensibilidad imprescindible que nos debe llevar al compromiso.

Barcelona está casi a la misma distancia de Argel que de Madrid o Bilbao. Tan cerca y tan lejos.

Estamos siendo crecientemente atrapados por un eurocentrismo contaminado por el interesado y promovido miedo al Islam, que oculta un desprecio xenófobo a los habitantes de territorios vecinos con tradiciones y culturas diferenciadas. Y avanzamos inconscientes por la senda del *choque de civilizaciones*, en busca de nuevos enemigos. No caigamos en esa trampa. Ni hay pueblos malditos, ni los malditos conocen fronteras.

Lo distinto añade belleza y riqueza a nuestras vidas y nos aporta estímulo y creatividad. No dejemos que nadie secuestre nuestra identidad para apropiársela y transformarla en incompatibilidad y enfrentamiento con otras identidades o en desprecio arrogante a los demás. Ni dejemos que nos expliquen que «ellos» son así, siempre que se trata de interpretar la ausencia de libertades o derechos, o la miseria y la muerte cuando suceden más allá de nuestras protegidas fronteras, en las que nos van haciendo más y más prisioneros a nosotros mismos. Prisioneros de prejuicios, de incomprensiones, de simplificaciones interesadas y de miedos irracionales a un mundo *exterior* que se trata de presentar como amenaza.

Salima nos aporta, en este texto vibrante, todos los elementos para que entendamos mejor qué cerca estamos y qué iguales somos desde nuestra maravillosa diferencia. Para que sintamos la *normalidad* de las gentes que acaban convirtiéndose en sanguinarias máquinas de matar o en sus víctimas: la fragilidad de todos. Nos describe sus vidas y su entorno, sus miserias e ilusiones, la feroz dinámica que arrastra al dolor y cómo se sobrevive frente al terror múltiple y omnipresente.

Gracias, Salima, por ser como eres. Por darnos todavía esperanzas de que la dignidad humana se sigue encarnando en personas como tú. Por demostrarnos que se puede ser demócrata en medio de todos los chantajes. Por enseñarnos las heridas de las mujeres y hombres de tu país, sin falsos pudores que escondan la dolorosa realidad. Gracias por la inteligencia, la pasión y el equilibrio de tus testimonios y de tu lucha, que nos contagia de energía y comprensión.

Y perdón por mi limitada capacidad de expresar en estas páginas toda la admiración que tengo por tu persona, toda la emoción que aportas con tu libro, toda la solidaridad que siento hacia tu pueblo, todo el compromiso que asumo por su libertad.

José María Mendiluce
Diputado del Parlamento Europeo

Gracias a Attilio Locatelli, asesor editorial de Ediciones Martínez Roca, por su lucidez y constancia.

–Allah ou akbar!

En el azul profundo de la noche, la llamada del muecín laceró el cielo y sembró en el firmamento la promesa de un nuevo día. El crujido metálico del altavoz, mezclado a la cascada voz del anciano que recordaba los beneficios de la oración, aumentó la sensación de familiaridad.

Luego, de nuevo el silencio. Los perros ya no ladraban y los pájaros esperaban un signo sólo conocido por ellos para cantar.

Esencia de silencio.

–*Allah ou akbar!* –repitió otro minarete, más arriba, en la montaña, haciendo ondular con suavidad tonalidades más melodiosas, que se propagaron a modo de voluptuosos anillos antes de disolverse en el éter.

En casa de Sherezade se escuchó el portazo que dio su hijo Athir al salir, y el aire transportó, durante décimas de segundo, los sollozos de su nuera. Después, no ocurrió nada importante, excepto la habitual y dolorosa espera del alba.

La noche había sido terrible, llena de sombras fugaces.

En la ciudad, acosada por todas partes, hombres y mujeres se dormían por fin.

Taous

La niña se despertó sobresaltada al oír los gritos de su madre. Había visto la silueta de los hombres invadiendo la granja. Contuvo la respiración, tomó el cuerpo dormido de su pequeño hermano y se escabulló por una ventana que daba al corral.

–¡Yemma! –gritó el niño.

–No tengas miedo, no es nada –le dijo ella en voz baja.

El perro yacía en medio de un charco de sangre, con un tajo en el pescuezo. Taous ahogó un sollozo y, sin detenerse, corrió a ocultarse entre las gavillas de heno amontonadas contra una pared.

Desde su escondite, las dos sombras infantiles miraron como se acercaba el fuego. Con las fauces abiertas, se parecía al monstruo de los cuentos que Fátima les contaba antes de acostarse, o al malvado dragón de los dibujos animados de la televisión.

El pequeño, asustado, volvió a llamar a su madre.

–¡Sshhh! Si te oyen, volverán... –le susurró su hermana, apretándole contra sí como si fuera a asfixiarle.

–¡Qué Dios exista! ¡Oh, Dios mío, existe por favor! –se dijo con el corazón a punto de estallar–. ¡Existe y haz que mi hermano no se queje más!

Desde que uno de sus maestros –el que nunca le pegaba y tenía libros llenos de bellas imágenes– le había dicho que Dios no existía, seguía todas sus súplicas con otra en la que rogaba su existencia para que sus peticiones no se perdieran en el vacío.

De repente Taous recordó el consejo que su primo le había dado esa misma noche.

–Si ves algo, o escuchas algún ruido sospechoso, ¡huye inmediatamente! No esperes ni grites, porque nadie, aparte de Dios, podrá acudir en tu ayuda.

Hacía meses que, cada vez que venía a advertirles del peligro que corrían si seguían quedándose en la granja, Athir le daba instrucciones que ella escuchaba con un terror entreverado de excitación morbosa.

También su abuelo solía hablarle de guerra, para contarle relatos heroicos o evocar a parientes muertos en condiciones horrorosas. Pero Athir le hablaba de *la guerra de ahora*, el único argumento por el que su madre y su abuelo no se arrojaban injurias mutuamente.

Taous nunca había comprendido por qué discutían con tanta vehemencia. En ciertos momentos incluso llegó a pensar que si la paz no había conseguido que se quisieran, tal vez la guerra haría que se sintieran unidos de nuevo.

–Vigila, pequeña gacela, corre más rápido que el viento, sé más ligera que la hoja de la viña y no esperes a nadie –le había dicho su primo, poco antes de regresar a la ciudad–. Es la guerra. Ha vuelto la infame ogresa que devora a los hombres y los transforma en bestias. Aquí como en todas partes. Es la guerra, y ella prefiere la noche. Así que cuídate y no dudes en huir hasta de tu propia sombra.

–Me das miedo, tete –había respondido la niña–. Nour dice que esas son cosas de árabes. Que no hay nada que temer en Cabilia porque aquí no hay fanáticos.

–¡Por eso nosotros nos divertimos apagando incendios! –había sido la irónica respuesta de Athir–. Mi hermano es bueno pero es un ingenuo. Si he venido hasta aquí a esta hora es para avisaros de que corréis más peligro que nunca.

Mientras permanecía acurrucada en la paja, protegiendo con su cuerpo el de su hermanito, Taous se preguntó por qué su abuelo no había querido hacer caso de los consejos de su primo. De pronto, al darse cuenta de que sólo se oía el crepitar de las llamas, pensó en su madre. Aunque el calor empezaba a hacerse insoportable, Taous trataba de no emitir sonido alguno, como había aprendido a hacer cada vez que su abuelo le pegaba con el bastón, para que su madre no la oyera y no le diese, a su vez, una buena somanta de palos.

Sherezade

Sherezade se dio la vuelta en el lecho; le costaba conciliar el sueño. Cuando no podía dormir, revisaba con frialdad el hilo de la existencia de sus parientes, tratando de no caer prisionera en las redes de sus disputas. Toda forma de proximidad impuesta por el espacio, el tiempo o el azar le parecía repugnante.

Había nacido en un pueblo de altiplanos, en el seno de una familia pobre, y desde muy joven supo que lo más importante era sobrevivir. No sólo a la miseria sino también a otro tipo de fracturas. Cuando estalló la rebelión contra los franceses fueron muchas las familias escindidas entre partidarios de una u otra facción del movimiento revolucionario. De modo que Sherezade, al igual que muchos argelinos de su generación, tuvo que recurrir a la ira y al odio para sacar fuerzas con las que enfrentarse, ya fuera a la persecución de los colonos, o a la traición en sus propias filas. Aprendió así a odiar al enemigo y a exigir de los demás un odio parecido al suyo. Varias veces tuvo que cerrar los ojos ante más de un acto arbitrario o de violencia gratuita en el campo de los revolucionarios. Pero cuando en 1962 por fin llegó la independencia, al rondar ella los veinte años, llevaba ya grabada en su mente la certeza de que nunca jamás se le volverían a imponer ignominias parecidas a su país.

Por eso, antes de que *la guerra de ahora* comenzase e impusiera escoger un bando, ya fuese el del vencedor del día o el de la supervivencia a través de la doblez, Sherezade había decidido tomar otra opción. Puesto que sus parientes escogieron mentirse a sí mismos para no afrontar los problemas, ella había optado por surcar las olas de sus pensamientos y construir un silo para sus amores.

«Para cuando llegue la hora de repoblar los desiertos...»

«Seguirán destruyéndose por casi nada –pensaba–. Una vez más tergiversarán las palabras para que concuerden con el color de la mentira. ¡Sutiles comediantes que le hacen creer al mundo que sus lamentables disputas tienen una razón válida! ¡Que los sufrimientos que se infligen mutuamente, debido a su incapacidad de ser verdaderamente constructivos, tienen una verdadera causa! ¡Bípedos gritones devorados por ilusiones! Sólo coinciden entre sí cuando son extremistas.»

Sherezade volvió a darse la vuelta en la cama, sin encontrar esa postura justa que al principio de su vida le había resultado tan sencilla.

Pese a la pobreza, su familia fue una de las pocas privilegiadas que se había salvado del analfabetismo y la ignorancia. Una vieja tradición reinante en casa de sus padres había impuesto que cada cabeza de familia recurriera a la ayuda de sus parientes para escolarizar a los hijos, fueran chicos o chicas, si no podía permitírselo por sí sola. Por eso la Sherezade niña había vivido en casa de distintos tíos y tías, deambulando de un hogar a otro, y en ocasiones de una región a otra, para poder ir a la escuela. De esos años de nomadismo forzado había conservado cierta forma de curiosidad condescendiente y la convicción de que, más allá de los intereses locales, Argelia era realmente la casa de todos sus hijos.

–¿Osaré confesarles que ya no les quiero? –se preguntó, abriendo los ojos a la oscuridad–. ¿Que ya no deseo amarles a todos en conjunto? Nada me es más indiferente que esta masa que sólo se mantiene unida a través de los defectos. ¡Para salvarse hay que estar sola! No me importa correr el riesgo del destierro interior. ¡Como si no fuera ya terrible el que los seres dependan de la voluntad de uno u otro grupo!

No quería que volviera a repetirse el drama de su juventud.

Tras años de horrores en que los servicios de inteligencia franceses y las represalias de los colonos fanáticos habían querido negar a los argelinos su propia humanidad mediante el odio y el terror, la independencia había llegado como un aguacero sobre la tierra, agrietada hasta el corazón por años de colonización y guerra despiadada, para ser seguida por una división aún mayor.

Ahmed

Fueron los gritos de las mujeres, mezclados a los del muecín de la mezquita más cercana, los que anunciaron la catástrofe. Los incendios se habían hecho tan frecuentes cerca de la ciudad, que los hombres se habían acostumbrado a mirarlos de lejos, limitándose a hacer comentarios desengañados o especulaciones fantasiosas sobre la nueva plaga.

Cuando se dio la alarma, las llamas ya habían devorado laderas enteras y arrasado casas aisladas. Ahora amenazaba con extenderse en dos direcciones, una hacia una granja que estaba más abajo, la otra hacia una aldehuela de casitas amontonadas alrededor del pico solitario.

Incapaz de ser de alguna utilidad, la habitual fauna de histéricos chillaba y se lamentaba del gobierno corrupto, de los partidos políticos incapaces, del pueblo ignorante... y del Dios inicuo que acumulaba desastre tras desastre sobre la cabeza de sus más míseras criaturas. Mientras tanto, otros, menos numerosos pero más silenciosos, ya se habían encargado de recoger a los muertos y de atender a los heridos.

Un poco apartado del resto, un hombre luchaba para que el fuego retrocediera hacia la parte alta.

Intuía que no iba a ser nada fácil.

«Los incendios son como los hombres –pensó Ahmed–. Todo está contenido en la intensidad de sus vibraciones. Hay momentos en que los demás pueden vencerles, y otros en que hay que saber desviarles, trazarles un camino que nos convega más que el que ellos podrían haber seguido por sí mismos.»

Al hilo de estos pensamientos, envueltos en un aire irrespirable, cargado de cenizas y de explosiones de ascuas, seguían atropellándose los hombres del método infalible, que se quejaban de no ser comprendidos, los que reclamaban que lloviese a cántaros, cuando en el centro de la ciudad casi no había agua desde hacía años, y los que antes de mover un dedo exigían saber las razones por las que se había propagado el incendio.

Tampoco podía faltar la masa chillona y embrutecida de desesperados que preguntaban qué hacer, dónde y cuándo, mientras corrían de un lado para otro retorciéndose las manos y entorpeciendo el paso a todo el mundo.

Ahmed detuvo un momento su trabajo para señalar un remolino de fuego a la persona que tenía más cerca.

–¡Este bastardo aún no está satisfecho! –gritó–. Así no acabaremos nunca, hay que cortarle el paso por debajo.

Su ancha espalda, reluciente de sudor, tenía profundos arañazos bordeados de trazos negruzcos. En dos ocasiones había estado a punto de ser aplastado por las ramas de un árbol en llamas, pero se había limitado a proferir una blasfemia, mientras seguía abatiendo matorrales incandescentes con el mayal, abriéndose paso con el afilado acero que dirigía su mano poderosa.

No era el primer incendio de Ahmed. En otras ocasiones había sometido llamaradas pretenciosas y contenido desbordamientos más furiosos. Estaba acostumbrado a las castástrofes, a lanzarse a cuerpo descubierto allá donde merodea la muerte. Quizás fueran éstas las dos cosas que mejor sabía hacer. Siempre estaba a la cabeza de los voluntarios para combatir lo que hiciera falta. Y así como le atraía el peligro, despreciaba a los hombres engullidos por el servilismo de lo cotidiano.

De pronto, se escuchó el crujido siniestro de un cedro centenario que se derrumbó no muy lejos del lugar donde jefecillos rabiosos, echando espumarajos por la boca, buscaban riña con cualquiera que tomara la iniciativa.

Algunos llegaban incluso a las manos.

Incapaces incluso de saber el porqué, esperaban que las almas caritativas fueran a separarles, tras lo cual se retiraban a un rincón, con la cara larga, deseando que fueran a suplicarles ayuda, mientras contemplaban con atención el desastre de los demás, como si de una victoria gratuita se tratara. Cada vez que las llamas amenazaban con vencer a los hombres aparecía en sus labios una risita de júbilo, fruto de la experiencia del momento.

En cambio, hacía mucho tiempo que Ahmed había aprendido a tomar el mundo por lo que era. Un cuadrilátero inmenso en el que había que saber moverse sin cesar, dar golpes para recibir los menos posibles, sacando fuerzas de la venganza venidera.

Cuando era boxeador profesional, le habían expulsado de la competición por matar a sangre fría a un adversario durante el combate. Violó deliberadamente las reglas sólo por el deseo imperioso de vencer a cualquier precio. De ello habían pasado algunos años, pero seguía sin sentir remordimiento alguno. Es más, aún conservaba intacta la rabia hacia ese mequetrefe con ademanes de bailarina que había querido ridiculizarle con su veloz juego de piernas, y con proezas técnicas que daban a sus *uppercuts* la potencia y la precisión de un bólido.

Llevado por sus pensamientos, Ahmed miró el fuego.

Por un extraño juego de espejos, el incendio parecía reflejar el delirio de los que lo combatían. Las llamas se abandonaban a la misma zarabanda que los hombres. Algunas se enfrentaban a la hoguera central con tal intensidad que se habría dicho que se disputaban un lugar en el firmamento. Pero la mayoría sólo abandonaba el estado de brasa para reptar miserablemente sobre el suelo, devorándolo todo a su paso, sin conseguir, no obstante, ganar en altura. Y como una plaga avanzaban hacia el árido riachuelo de piedras, después de haber dado la espalda a los viñedos de hojas temblorosas.

Sherezade

Sherezade estiró su cuerpo cuan largo era. Sabía que la noche iba a ser muy larga y el alba no llegaría hasta que algo ocurriese. Sabía, también, que debía hacer una panorámica de la memoria para no dejarse llevar por la rabia. Porque, para soportar lo que ocurría a su alrededor, necesitaba amar. El zumbido continuo de lo que hay de bello en un relato, la finas y dolorosas cinceladuras de un poema de verdad, pero amar...

«Amar para no dejar que la jauría te destroce el alma en mil pedazos. Y al mismo tiempo, ocultar ese amor en lo más profundo de las entrañas, para irrigar las pupilas, embeber todos los sentidos y no mirar a la tierra con extravío, servilismo o rabia.»

Era algo que Sherezade había aprendido de joven.

Llegado el momento de reconstruir el país, después de la independencia, su vida había estado del todo orientada. Quiso ser maestra para dedicarse a la lucha contra la ignorancia.

Acababa de encontrarse con un antiguo compañero de clase, que también era maestro, por el que se sentía atraída. En una época en que todos se hallaban fascinados por la capital, después de casados, Sherezade y su flamante marido, sintiéndose investidos de una auténtica misión, se establecieron en un pueblecito del interior, donde habían emprendido la tarea con ardiente ingenuidad.

Los primeros meses habían transcurrido como un sueño de pioneros. Se levantaban al alba para preparar las clases, y como no había más personal que un viejo guardián inválido, hacían las labores de la casa antes de ponerse la bata de maestros.

Con frecuencia Sherezade tuvo que convertirse también en enfermera.

Por las noches la pareja se deleitaba escuchando a la diva de la canción del momento, Oum Keltoum, o recitando poemas. Él prefería el patrimonio árabe, en tanto que a ella le gustaba declamar versos de poetas europeos o latinoamericanos comprometidos, antes de caer con los ojos cerrados en brazos de su marido.

En cambio, ahora podía permanecer mucho tiempo con la mirada fija en la palabras que iban más allá de la realidad.

Le gustaba ver el fuego dentro del hogar, contemplar la lluvia desde el otro lado del cristal y evitar que la corriente de aire de la habitación la molestase. Para ella, ahora los seres sólo eran importantes cuando tenían el buen gusto de saber hacerse olvidar.

Por eso le había puesto Athir a su primer hijo.

Nadie más que ella le habría puesto ese nombre a una criatura, pero nadie tenía demasiada importancia para Sherezade. El nombre de su hijo era Athir, que en la bella lengua de sus antepasados significaba algo así como la vibración de un sonido o de la luz en el aire, una onda.

–Los seres de verdad deberían estar siempre así, de paso. Todo lo que acaba por echar raíces se hace demasiado corpóreo. La más bella de las llamas palidece en comparación al más simple destello –se dijo Sherezade esperando.

Porque Sherezade esperaba.

Esperar era algo a lo que se había acostumbrado gracias al fracaso.

Haber conocido momentos de intensa felicidad con su marido no le impidió perder completamente el alma cuando las cosas se complicaron.

Ni ella ni él habían previsto nada. Tanto habían puesto la mirada en los ojos de los alumnos ávidos de aprender, que nunca consideraron seriamente que, para ciertos responsables de la administración, ellos no eran más que dos peligrosos subversivos.

Y sin embargo, Sherezade todavía esperaba.

No sabía qué buscaba ni por qué desgarraba una imagen después de haber estado persiguiéndola durante horas. Como su lejana prima, Penélope, tejía todo el día para deshacer su obra a la caída del sol.

Sabía por experiencia que había un tiempo para las grandes conmociones. Cuando los elementos se desencadenan y se mezclan sus gemidos. Cuando no es posible saber si es el mar el que brama o se trata de un incendio. Cuando los árboles se abaten aullando y el viento, loco de rabia, se revuelca contra la tierra. Cuando el remolino de arena se une al remolino de espuma, y nubes de ceniza y brasas acompañan sus retozos.

Es el indicio de que algo sucede, de que no es completamente inútil detenerse a considerar el estrépito del mundo. Es también el momento de esculpir las palabras en la carne, de apretar los dientes.

Sherezade se agarró del edredón para no ahogarse en las imágenes. Sus ojos permanecían abiertos y su respiración era regular.

«¡Ahí vuelven las grandes conmociones!», pensó regresando al pasado.

Aun después de tantos años ignoraba por qué una noche se presentaron en el pequeño apartamento que ocupaban dentro de la escuela unos hombres que les obligaron a seguirles.

Por lo que le quedaba de paz en el alma seguía negándose a aceptar la explicación que le diera más tarde un pariente.

Sus vidas habían sido destruidas sencillamente porque una autoridad del pueblo quería el puesto de maestro y la vivienda para uno de sus protegidos.

«Es también el tiempo de los dolores fríos, inhumanos, de las violencias sin sentido, de los gritos inútiles –pensó volviendo al presente–. De los momentos de rebelión en los que si el hombre invoca a Dios, o lo desafía incluso, no es por simple ritual, o por ateísmo, sino porque está dispuesto a morir dos veces, primero en las ideas y después en los actos.»

–Sobrevivir a esos dos tipos de muerte, como pensaban los ancianos, le convierte a uno en una especie de redentor para los demás –se dijo a sí misma–, pero entonces tanto la vida como la muerte se vuelven mudas y dejan de tener sentido.

Cambió una vez más de posición en la cama. Apoyó todo el peso del cuerpo sobre su corazón pero los latidos, demasiado dolorosos, explotaron en su pecho.

Se levantó y encendió el televisor.

En la pantalla, un grupo de soldados iraquíes desollaba a dentelladas a unos gatos vivos, con la pretensión de asustar a potencias nucleares culpables varias veces de genocidio. Carteles con el rostro de su líder, gozoso de envilecer a los hombres, colgaban de las paredes de Bagdad como adecuado telón de fondo. De inmediato, nuevas imágenes mostraron al presidente de Estados Unidos lanzando un ultimátum y ordenando bombardeos que provocarían el hambre de millares de niños. Sherezade pensó que su papel de navegante en las autopistas de la información escándalo resultaba de lo más convincente.

–La política no es casi nada más que el espectáculo creado por hombres que no saben contenerse –se dijo luego.

Y suspirando, apagó el televisor.

Había que ser mujer para saborear la textura áspera de la palabra compasión.

Pensó en sus hijos, que volvían cada vez con menos asiduidad a su casa, y lloró por los pobres iraquíes y la vana Babilonia.

Luego cogió un libro.

Athir

El silbido de las piñas que explotaban, lanzando al aire semillas ardientes, parecía burlarse de los rostros de las estúpidas criaturas de dos patas que se acaloraban para nada. En ciertos lugares, las llamas adquirían perfiles de sombras humanas y se alejaban de la hoguera retorciéndose en una especie de cuerpo a cuerpo, para, después, ir a morir sobre la roca desnuda.

Del otro lado de la cortina tórrida, en la que se había convertido el aire cargado de ramitas en llamas, se agitaba una silueta, en apariencia insensible al calor.

–Ése es el imán de la mezquita de Babors –dijo alguien.

Ahmed lo observó con atención.

El joven religioso no dudaba en cruzar las llamas cuando era necesario, pero sin correr riesgos inútiles. Ya había limpiado de maleza gran parte del terreno y ahora se aplicaba en cavar una zanja. Parecía avanzar más rápido que nadie, animando a los más temerarios de los voluntarios a seguir sus pasos.

–¡Quietos! ¿Estáis locos? Desviáis las llamas hacia la ciudad –gritó el ex boxeador al darse cuenta de que había cada vez más hombres detrás de Athir–. ¡Vais a provocar una desgracia aún mayor!

Se dirigía a ellos haciendo grandes aspavientos, yendo de grupo en grupo para que le oyeran, porque el rugido del incendio era ensordecedor.

Algunos de los voluntarios dejaron de trabajar, perplejos ante las órdenes contradictorias.

–La ciudad está demasiado lejos, el único peligro es para la granja del General, que está vacía. ¡Además tienen una piscina! –dijo Athir, recuperando el tono que usaba para sus prédicas en la mezquita–. En cuanto se acerquen las llamas, las autoridades movilizarán a los bomberos y a un ejército de voluntarios ¡En cambio nuestros hermanos de ahí arriba no pueden esperar ayuda de nadie!

A pesar del agotamiento, le había bastado un segundo para localizar con la mirada a sus feligreses y a los voluntarios más entregados a la tarea, y corroborar que podría contar con ellos en caso extremo.

–¡No tienen más que invocar el auxilio de Dios! –gritó el ex boxeador, apuntando el mayal en dirección a Athir–. ¿Acaso no votaron por Él en las últimas elecciones? ¡Que les ayude Él!

Sentía unos deseos irrefrenables de estrangular con sus propias manos a ese mequetrefe pretencioso, simiente de gentuza, que se creía un redentor.

–¡Todos los predicadores son iguales! ¡Maricones reprimidos que la toman con las mujeres! ¡Les metería en cintura pateándoles el culo!

La actitud y las blasfemias de Ahmed sublevaron a algunos hombres, que se apresuraron a reunirse alrededor del imán, enarbolando palas y picos.

El fragor de los humanos se unía al estrépito del incendio. Parecía que el mundo se hubiera convertido en una cascada de ruidos furiosos a los que ningún sentido conseguía dar orden. Brotes de sonidos que surgían de la garganta de los hombres, o del vientre de la bestia de fuego, con la intención de hacer explotar el cielo.

Athir vio cambiar el juego.

Los que pertenecían a la misma especie belicosa que Ahmed se juntaron. En cambio, los que no, se mantenían aparte. Los acontecimientos iban a adquirir el cariz que pretendía el ex boxeador.

«Es necesario evitar que la energía de los hombres se desvíe hacia un enfrentamiento estéril», pensó, avanzando en dirección a Ahmed con las palmas de las manos hacia adelante, en actitud que denotaba la búsqueda de un acuerdo pacífico.

–El fuego continúa su camino. Ya ha destruido casas y ha recogido su cosecha de mujeres y niños –dijo–. ¿Aún queréis más estragos? ¿Es que no son ya bastantes los muertos de Aït-Oualou? ¿No basta con que no llegáramos a tiempo para salvarles? ¿Tendrán que sumarse a ellos los Aït-M'hand, los Amezine, los Beni-Ameur?

Athir obraba con habilidad, recomendando prudencia sin perder de vista su objetivo, dejando para el final el nombre de su influyente familia.

Sus palabras causaron el efecto deseado. Dos de los más ancianos se apartaron del grupo de los observadores y se interpusieron entre el de los belicosos y Athir, proponiendo la vuelta a la faena.

–¡Mirad! –gritó alguien, señalando a un grupo que se acercaba.

Lo formaban alrededor de treinta hombres, la mayoría jóvenes, con ropas desparejadas y demasiado pesadas para la estación. Algunos de ellos llevaban gruesas *kachabias*, otros vestían guerreras militares o vaqueros raídos. Todos iban armados.

–*Salam Alikoum* –dijo el de más edad, al detenerse, mientras los demás se contentaban con mover los labios.

–*Alikoum Salam* –respondieron maquinalmente los hombres de Ahmed.

Los recién llegados se dispusieron en semicírculo a una cierta distancia del grupo capitaneado por Athir. Tres de ellos se habían quedado montando guardia en el promontorio, donde se tenía una visión panorámica. Trabajaban con rapidez para hacer una franja ancha, limpia de vegetación.

Al cabo de dos horas, un largo cortafuego moderaba el avance del incendio.

Sherezade

Apagado el televisor, con un libro entre las manos, Sherezade se preguntó una vez más si la poesía volvería a producir el efecto de años atrás, antes de que fuera detenida en la escuela donde enseñaba y su vida se convirtiera en una pesadilla interminable.

Porque cuando comprendió que el camión militar en el que la hicieron subir a ella y a su marido la conducía a un campo de refugiados en el sur del país, cuando se dio cuenta de que sencillamente les habían echado de su casa y desposeído de su única riqueza, creyó enloquecer.

O quizás en cierto modo enloqueció.

La verdad es que la parte más bella de su humanidad murió en ese momento, y nunca más pudo recuperar esa tendencia tan vivificante por las adhesiones plenas y espontáneas experimentadas hasta entonces.

Estuvo días postrada y sólo dejaba de llorar en silencio para contemplar el vacío. Lo que sentía estaba más allá de la rebelión.

Pero en ningún momento gritó o reclamó justicia alguna.

Estaba rota.

Durante un breve período esperó que ocurriera algo, sin saber muy bien de dónde le vendría la cordura.

Decidió no seguir a su esposo cuando éste intentó incitar a la rebelión a sus compañeros de desgracia, en su mayoría nómadas tuaregs que las autoridades habían decretado extranjeros y congregado en un campo de refugiados antes de llevarles a la frontera.

Como a Sherezade, también a esos hombres les habían echado de casa, pero ellos tuvieron la ventaja de no haber compartido nada con sus perseguidores. Ni sueños desmesurados, ni discursos inflamados, ni silencios culpables.

Tanto ella como su marido supieron enseguida lo eficaz que podía ser la máquina destructiva de la inquisición revolucionaria. Y comprendieron de cuánta irresponsable culpabilidad habían hecho gala cuando otros instigaron a la depuración y ellos no intervinieron, pues bastaba dar crédito a una acusación sin pruebas para hacerse cómplice de ella.

Nadie, vivo o muerto, había estado al amparo de acusaciones, que iban de la traición a las desviaciones sexuales.

Sherezade se había convencido entonces de que los servicios de propaganda del ejército francés habían logrado dejar su huella al sembrar las semillas de la discordia. El atavismo de los argelinos la iba a hacer crecer desproporcionadamente cuando los franceses se marcharan.

Habían pasado varias décadas desde entonces, pero aún hoy una parte de sí misma seguía creyendo que Francia ganó la contienda en el mismo instante que la población nativa cantaba la independencia.

Sherezade abrió el libro.

El día avanzaba hacia su fin. Un sol despiadado había dejado caer sus rayos sobre Bagdad, abandonando muros y jardines en cuya sombra se podía encontrar cierto frescor.

Sherezade se dirigió hacia el río...

Al llegar se soltó la cabellera, eternamente rojiza, para gozar del aire, cargado de aromas de jazmín y albahaca.

Tras desnudarse se deslizó en el torrente del Éufrates. Las aguas borboteaban cuentos del Asia continental que iban a desembocar en el Índico y en el Golfo pérsico.

Sobre la hierba había dejado su vaporosa túnica, cortada en ese material suave al tacto que había viajado desde los telares de Mossoul, a orillas del Tigris, hasta las cortes de Europa, y allí recibido el nombre de muselina.

Sherezade escuchó con la intensidad de la desnudez el relato que de cada átomo de agua murmuraba a sus magulladuras. ¡Difícil saber si había tantos cuentos como heridas!

Al salir de la fresca ola no sintió rubor alguno frente al hombre que la contemplaba fijo y sin vergüenza.

Se vistió con lentitud, dejando que el viento secara delicadamente su piel y su cabellera.

El hombre, probablemente engañado por siglos de vanidad, tomó su actitud como una invitación y descendió con rapidez el sendero en pendiente que les separaba.

–Sin poesía no es posible seducir de verdad –dijo ella cuando él se le acercó.

–Puedo recitar las maravillas de Kitab al-Aghani, bella Sherezade –respondió él–. Hacer que revivan para ti sola los fastos de antaño, cuando Bagdad desplegaba sus encantos alrededor del Éufrates para irrigar el mundo. Soy Antar, el más valeroso de los poetas-guerreros. Soy Qais, el Rey-errante, el amante intrépido. Soy El Mutanabbi, el del verbo de bronce y la rima soberana...

Para dar fuerza a sus propósitos, el hombre declamaba versos espléndidos pero que caían al suelo, como si el aire hubiese estado demasiado contaminado para que pudieran desplegar todo su esplendor.

Sin embargo, el hombre seguía hablando sin darse cuenta de semejante obscenidad.

Los versos se enterraban en el lodo del río en busca de un resto de pudor, pero el poeta proseguía haciendo alarde de suficiencia, sin ver que ante sus ojos se cumplía el suicidio de la poesía.

Las palabras se precipitaban de su boca como canicas de cristal de la mano de un niño.

El hombre imaginaba ya tener el cuerpo de la bella mujer en sus manos. Palpaba y magullaba la delicada piel ignorando la fragilidad de las curvas.

–Yo puedo iluminar tus noches...

Sherezade lo interrumpió con un gesto elocuente.

–No te confundas, soberbio semental. ¡Si pretendes, como El Mutanabbi, merecer el título de príncipe, no te bastará con piafar y sacudir tus crines! Llevo los esplendores del pasado grabados en cada una de mis fibras. Por las noches sueño a menudo que estoy en la Bagdad del siglo IX... Cae la tarde y vago por torrenciales callejones que arrastran diariamente a casi un millón de personas. Camino entre sus oratorios, sus moradas principescas, y me entretengo en las tiendas que se desmoronan bajo el peso de las riquezas del mundo entero. Me recreo en los innumerables *hammans* y salgo empapada como una reina para cruzarme con poetas, comerciantes, soldados y aventureros de todas las culturas.

»No, no te confundas. Pues no tengo nada que hacer con un hombre envanecido por la gloria de sus ancestros, pero cuya prestancia lleva ya los estigmas de la putrefacción. Debes saber que antes de que el sol se levante sobre la decrepitud de los tiempos presentes, yo puedo reconocer las cualidades del amante y el maquillaje del bufón. Si no tienes nada que declamarme, Salah, sigue tu camino, en el que te cruzarás sólo con cortesanas.

–¿De dónde te viene tan cruel arrogancia, mujer impúdica? –exclamó el otro–. ¿Acaso desconoces que el valor de un hombre se mide por su *nassab*? ¿Que la gloria de los antepasados se vierte sobre su descendencia y que la debilidad de hoy es pasajera? ¿Quieres avergonzarme, tú, que vas desnuda, porque mis enemigos son numerosos y mis hermanos traicionan sus orígenes? Si insistes en deshonrar a los tuyos, sería mejor que escucharas estos versos, que casan perfectamente contigo: *Vuestros truenos, vuestros relámpagos, / vuestras amenazas de muerte hallan sordos mis oídos. / ¿Bajo qué pretextos, ¡oh gente sin mayores!, / osáis acusarme, vosotros, a quienes señalan los dedos?*

Cuando el hombre acabó su declamación, Sherezade se encogió de hombros con tristeza.

–¡Pobre Salah! No has entendido nada. ¡Y eres tú el que pretende defender la gloria de nuestros ancestros! Te he pedido que me sedujeras con tu poesía y exiges que me contente con tus aburridas repeticiones. Amarte a ti sería como tender el tálamo nupcial sobre una tumba. Me preguntas de dónde viene mi crueldad ¡y no ves que es tu superficialidad la que la inspira! Nuestros niños matan y mueren llenos de rabia y de odio. Hombres y mujeres se prostituyen desde Bagdad a Argel. La brutalidad y la impostura reinan por doquier. ¡Y tú quieres que te ame a ti, cuya ceguera se duplica con tus balandronadas!

Poco antes del alba Sherezade cerró su libro. Tampoco esta vez había encontrado ese amante de ensueño con el que compartir el peso de un día que se desgarraba sobre la infelicidad de los humildes.

Rahma

–*Allah ou akbar!*

La joven esposa de Athir se desperezó y, mientras esperaba la siguiente llamada a la oración, exhaló lentamente, muy lentamente, el aire que hasta ese momento comprimía su pecho. Le gustaba esa calma que regresa cada mañana, como una caricia sobre la mejilla de un demente.

Era todo cuanto Dios podía ofrecer a sus criaturas.

Señal de espléndida y soberana impotencia.

La noche anterior había estado pegada al

pecho de su marido un largo rato. Los dos habían permanecido falsamente unidos por el ardor de los sentidos, incapaces de decirse algo.

Tumbado al lado de su mujer, Athir había sentido ganas de gritar, pero cada vez que tendía mentalmente la mano para no hundirse y agarrarse a algo sólido experimentaba una especie de vértigo. El cerebro se negaba a seguirle. Las palabras que le quemaban por dentro le refutaban la clemencia de la lógica, quedándose apenas en un hipido.

Como de costumbre, fue Rahma la que rompió el silencio para preguntarle qué le pasaba.

Por la forma en que ella estrujaba la sábana, Athir adivinó que la tregua había acabado.

Semanas atrás él le había implorado que le concediera ese descanso que no lograba hallar en ningún otro lugar. Aunque las ojeras indicaban que no se concedía reposo a sí misma, Rahma había acabado por aceptar el pacto.

–Ten confianza en mí. Es todo cuanto puedo decirte –respondió Athir.

No se vio sorprendido por la mirada cansada que su mujer le devolvió. Pero le faltaban las fuerzas. Se sentía incapaz de demostrar, de explicar, de probar... Todas aquellas cualidades en las que antes había destacado le parecían ahora inútiles. De su boca habían salido tantas palabras que había olvidado su significado. Para decir algo que tuviese sentido necesitaba encontrar otras nuevas.

–Confianza es un término que sólo cobra sentido cuando se vive en un mundo coherente –dijo Rahma, recalcando las palabras pero sin levantar la voz–. Vivimos rodeados por el desastre y la insensatez. A lo largo del día tengo que reprimirme varias veces para no ponerme a gritar como una bestia enjaulada.

Fijó la mirada en el vacío, por encima de la cabeza de su marido, y con tono extremadamente duro, continuó:

–Ni siquiera sé si es miedo, rabia, o algo todavía más terrible. A veces tengo la sensación de estar volviéndome loca.

–Si dudas de la capacidad de superar las pruebas ya no te queda más que la fe en Dios –balbuceó él, sin esforzarse siquiera en buscar palabras que la convencieran, con tal de que la apaciguaran.

–¿Qué fe? –exclamó Rahma–. Porque si es por dudar yo dudo de todo. Absolutamente de todo. Del sol que todavía se atreve a brillar, del aire, de lo que dicen los demás, de lo que se publica en los periódicos, de lo que está escrito en los libros, de lo que he creído, de lo que veo. Dudo de todo: de mi madre, de la tuya, de ti... Dudo incluso de Dios.

Su marido apenas se sobresaltó.

–Cuidado, estás blasfemando. Y es inútil.

–Sabes que la duda no es blasfemia. ¡Lo sabes! –casi gritó ella–. Pero vas a lo más rápido, a lo más fácil. Así es como habéis logrado arrastrar a todos esos críos... y ahora.

Athir la había mirado sin saber lo que sentía. Durante algunos segundos le pareció que su ser se petrificaba, literalmente. Ella le estaba diciendo justo lo que él no quería oír. Tenía la dureza de gritarle lo que él no se había autorizado a pensar.

–Eres igual que todo el mundo –había respondido maquinalmente–. Juegas a ser juez. ¡Es el auténtico deporte nacional! Lástima que todos tengáis la misma visión de la justicia. La de dictar sentencia sin juicio previo.

Entonces Athir se había levantado bruscamente de la cama y dejado la casa, para poder llorar en solitario por su inocencia y por su culpabilidad.

En cambio, Rahma había decidido permanecer acostada, con dolor en el pecho y los ojos secos.

Fue poco antes del alba cuando, para que ni su suegra ni su cuñado la oyesen, se permitió ahogar sus gemidos en la almohada.

–*Allah ou akbar!*

La llamada a la oración rodó sobre las laderas escarpadas de la montaña, descendiendo hacia el llano, rebotando de aldea en aldea, para acabar rodeando a la ciudad, adormilada a los pies, proclamando la omnipotencia de Dios.

«Él» estaba en su casa.

Los hombres, recalcitrantes o fieles alucinados, no tenían más que labrarse un destino a la sombra de Su Presencia.

Rahma se levantó, fue a la cocina y abrió la ventana para saborear la única oscuridad que no le parecía amenazante.

¡La dulzura de la nada!

¡El espacio bienaventurado antes de que se impongan las palabras y los gestos!

Absorbía a través de sus poros esa especie de paz que sentía antes de tomar conciencia de la existencia de los demás, de la existencia de sí misma incluso, esperando como un castigo inevitable el momento en que debería enfrentarse con el rostro de los hombres, para leer los estigmas que la noche dibujaba alrededor de los ojos o en la comisura de los labios.

Porque, en cuanto abandonara la soledad, se acercaría a los seres como una espeleóloga, sin que ningún subterfugio le evitara la espantosa tarea de escrutar las pupilas de los demás para poder ver más allá de las miradas.

Ella no sabía hacer otra cosa. Más bien creía que era el único procedimiento que la ayudaba a entender lo que ocurría. Y aunque por momentos sentía un hastío nauseabundo frente a ese ejercicio autoimpuesto, nada había conseguido disuadirla de tal empeño.

Apoyada en el alfeizar de la ventana, escuchó el ronquido de una camioneta y luego el estridente ruido de una motocicleta que se acercaban.

Los dos vehículos se detuvieron; los conductores bajaron y se pusieron a hablar en voz alta, sin preocuparse de la molestia que causaban a los demás.

Excepto a ella, a nadie pareció importarle demasiado, y ninguna protesta surgió del lóbrego amasijo de edificios.

Los pasos de los hombres se difuminaron en el polvo ocre que desde hacía años debía haber sido reemplazado por el césped previsto en la maqueta de la empresa constructora, un proyecto que los promotores quisieron grandioso pero que había quedado empantanado en los ribazos de las necesidades y los apetitos agudizados por siglos de arbitrariedad.

A Rahma no le había extrañado que los tumultos estallaran en el momento de la adjudicación de los apartamentos. Para asegurarse de que iban a ocuparlos, los beneficiarios se habían instalado en plena obra, con la familia y los muebles, antes de que se terminaran los trabajos. Como consecuencia, el contratista había abandonado la construcción, dejando la obra inacabada.

Un motorista pasó pedaleando furiosamente frente a la ventana. Las cajas de sardinas, en equilibrio inestable detrás del sillín, estaban vacías.

La muchacha recordó que no hacía mucho un periodista, señalando a los pescadores como culpables, había escrito un artículo titulado «¡Nuestros peces mueren de viejos!».

Lo que estaba claro es que hacía tiempo que el delicado pez de San Pedro, la deliciosa pescadilla o la preciada gamba real no se veían por los mercados, y hasta la humilde sardina estaba desapareciendo. Se rumoreaba que gran parte de los pescadores regresaban con las redes casi vacías. Algunos les acusaban de vender la mejor parte de su carga, mar adentro, a los españoles, que pagaban con divisas. Otros incluso afirmaban que la principal tarea de los pescadores era el contrabando de armas, drogas... Se decían tantas cosas.

«La cuestión es que ya nadie se indigna por nada –pensó Rahma–. Todo el mundo intenta salir del paso.»

Era consciente de que la vida social se reducía a una ruidosa comedia destinada a exorcizar la carga de lo que se trataba de ocultar. Hombres, mujeres y niños mataban y morían en un enloquecido furor, pero casi todos ponían cara de no ver. Como si fueran perros adiestrados por el miedo, la mayoría intentaba mirar de soslayo. El resto utilizaba su coraje en buscar «tres pies al gato», y, asumiendo aires de contestatarios de vuelta de todo, dejaban ir la lengua en consideraciones «políticamente correctas».

A lo largo de los siglos, la ruindad y la traición habían alcanzado un increíble grado de refinamiento, pensaba Rahma.

Dejando la ventana abierta, puso el café

en el fuego, para el desayuno. Suspiró y colocó un plato de pasteles encima de la mesa.

Desayunaba sola. Su cuñado Nour se tomaría el café de un sorbo antes de salir, y hacía años que su suegra se privaba de las golosinas como señal de luto.

Mientras el café se calentaba, y su aroma subía lentamente por la cafetera, la muchacha se asomó de nuevo a la ventana.

Sintió nostalgia de esos momentos en que aún podía sentirse fresca y alegre, de cuando podía flirtear con las estrellas para pedirles prestada un poco de su luminosidad glacial. Estaba convencida de que a la química de la humanidad le faltaba una dosis de frialdad estelar.

Se llenó los pulmones del aire de la mañana. Pero entre los efluvios marinos percibió el humo de los incendios, el olor áspero y brutal de la vida arrancada de cuajo.

Como un relámpago le llegó la sensación de estar viviendo de prestado de la muerte. Recordó las palabras que Athir le había dicho pocas horas antes. Por un instante se ahogó, presa del pánico.

–¿Ya? –murmuró.

Luego, con determinación, buscó de nuevo en el aire un aroma amigo. Esta mañana fue la dulzura de la madreselva que colgaba en ramilletes desgreñados del balcón de la cocina.

Algunas ventanas empezaron a iluminarse, se escuchó el tintineo lejano de una vajilla. El llanto de un bebé se hizo incisivo antes de que lo calmara, tal vez, un pecho o un biberón. Roto un instante, regresó de nuevo el silencio. Una brisa ligera movió la hojarasca en la calle y las plantas de los balcones.

Rahma sabía que el frescor del alba traería para algunos el sueño. Liberados del calor pegajoso de la noche y de la amenaza suspendida por encima de sus cabezas, sus cuerpos se abandonarían, por fin, al reposo.

Nour

Bajo la sábana blanca, el cuerpo del joven Nour tenía la rigidez de una momia egipcia. Se habría dicho incluso que había algo de sospechoso en esa posición. Pero de repente movió los dedos de los pies, y los rayos de sol que hasta entonces caían rectos sobre las baldosas del suelo se descompusieron temblorosos.

La claridad de la habitación se llenó de una sensualidad casi risueña. Mientras doblaba un brazo sobre la cara, haciendo presión con la planta de los pies y tecleando con los dedos en el vacío, Nour aplastó un rayo contra el borde de la cama.

Otra noche que escapaba, llevándose el tibio letargo de la inconsciencia. Nour salía lentamente de su crisálida nocturna, identificando uno a uno los elementos que lo rodeaban. Su vigoroso cuerpo respondió «presente» en un estiramiento deliciosamente lento. Luego vinieron otras informaciones: qué día era, dónde estaba...

Algunos despertares eran más ligeros que otros, pero el de esa mañana tenía una musicalidad particular. Hoy le parecía importante levantarse, como si la curiosidad corriese por sus venas, brincando como un *djin* en alguna fiesta pagana.

El aroma del café y los ruidillos de alguien trasteando en la cocina le acogieron al salir de la habitación.

Se apoyó en la puerta de la cocina y saludó con un gruñido a su cuñada.

–¡Buenos días, marmota! –respondió Rahma–. ¿Has visto qué hora es? Casi mediodía... Si tú también trabajas tanto no nos quedará más remedio que seguir pidiendo préstamos a los bancos extranjeros... ¿No te das cuenta de que será mi hijo quien tendrá que devolverlos?

«¡Qué exagerada!», pensó el muchacho, viendo que el reloj de la pared marcaba las ocho.

Mezclado a ese pensamiento no pudo evitar sentir disgusto por ese horrendo aparato de dar las horas, un artilugio de dorada madera falsa que vendían en todas las tiendas del país. Lo que más detestaba era el carillón, que desgranaba estúpidos estribillos de cancioncillas americanas sobre la conciencia de los pequeños desengañados del Tercer Mundo.

–No es mediodía y a mí ningún banco me ha dado jamás un céntimo –respondió con hosquedad–. Así que dile a tu futuro hijo, o hija, que haga su revolución cuando quiera. Con preferencia después de que yo haya tomado mi café.

–Será un chico –dijo Rahma, de espaldas, sin dar importancia al tono hostil de su cuñado–. Su padre le tiene demasiado miedo a las mujeres para ser capaz de engendrar una.

Se dio la vuelta. Su amplio vestido de grandes flores rojas y amarillas onduló alrededor de su cuerpo, resaltanto su barriga, apenas oculta por la olla de agua caliente que llevaba entre las manos.

–¡Deja eso! –exclamó Nour, haciendo el ademán de quitársela.

Sin hacerle caso, Rahma se escurrió hacia el cuarto de baño, seguida por el muchacho, y echó el agua en un enorme barreño azul.

El vapor dio a la habitación un vago aspecto de *hammam*, que aturdió ligeramente al joven, sorprendido una vez más por el olor a almizcle que su cuñada, a pesar de sus protestas, se obstinaba en añadir al baño.

–Ahuyenta los malos espíritus y descoloniza a los buenos –comentó ella, riendo–. Olerás como un *akh*. Por lo tanto será mejor que te mantengas alejado de los controles militares. Tienen el olfato muy agudo, y un cabil que no huele a tintorro es un sospechoso en potencia.

Nour no alcanzaba a comprender cómo era posible que ella estuviera de un humor tan zumbón después de haber estado discutiendo con su marido hasta tan tarde.

Se dirigió automáticamente hacia el lavabo y abrió el grifo.

Por supuesto, no había agua.

–¡Ah, esos árabes! –exclamó–. Llevamos semanas...

–Años –dijo ella, verificando la temperatura del agua con la punta de los dedos–. Es la forma que tiene tu gobierno de «defenderse del oscurantismo». Dar el agua entre la una y las cuatro de la madrugada. Pero los varones no tenéis por qué preocuparos. ¡No creo que haya motines por el agua! Siempre habrá una mujer que vele toda la noche... mientras vosotros dormís, claro.

Se secó las manos, y aprovechando el silencio culpable de su cuñado prosiguió animosa.

–El otro día, en uno de los canales de televisión de su país, escuché al presidente de Francia proponer que dentro de diez años cada pueblo africano debería disponer de agua potable. ¡Como si no fueran los franceses los que sostienen a todos los gobiernos corruptos que reinan desde Argelia al Zaire! Así que, respecto a este tema, amigo mío, ¡los árabes no tienen nada que ver!

Luego, alzando los hombros, y sin dejar de despotricar contra la imbécil propensión de los cabiles a quitarse toda responsabilidad insultando a los árabes, salió del baño.

Nour se desnudó bruscamente.

Sentía que el fastidio le subía por la garganta.

Su cuñada tenía la desfachatez de tener una opinión para cada cosa y de citar incluso el telediario, como otros citaban El Corán, para dar fundamento a sus palabras.

«Desde que a las mujeres se les ha metido entre ceja y ceja interesarse por la política...»

El agua tibia y perfumada cortó en seco

sus maquinaciones, y empezó a lavarse, dejando que el líquido corriera por su espalda.

Se relajó un momento, cerró los ojos, y luego salió de un salto de la bañera.

Se secó vigorosamente.

Mientras se afeitaba delante del espejo, se felicitó por su innegable encanto varonil.

Cuando regresó a la cocina, su cuñada sorbía tranquilamente un café. Así que cogió una taza y se sentó a su lado, si saber aún qué actitud adoptar ante ella.

–El embarazo te sienta bien y con el trabajo que tienes encuentras la manera de estar en forma –dijo–. Ah, gracias por haber pensado en el baño, no tenías por qué molestarte

Rahma lo miró.

–Pero por más que huela a almizcle, nadie me tomaría por mi hermano –continuó él con malicia, de la que en seguida se arrepintió.

–¡Claro que no! –replicó Rahma agriamente–. Te falta «un no sé qué» de sospechoso. Una de esas caras que suelen llamar la atención a los polis...

–¿Quieres decir una cara que lleve grabado los signos del fanastismo?

«Para correr el menor riesgo necesitarías

tener un alma detrás de tu estúpida mirada de cordero degollado», pensó ella, sabiendo que era injusta con él, pero sólo en cierto modo.

–Veo que aparte de balbucear prejuicios estúpidos también lees el periódico –dijo en cambio–. ¡Por lo menos Athir no es tan fanático como esos camaradas tuyos, amantes de la «caza al árabe».

–Dices tonterías, debe de ser el embarazo...

–Mi embarazo no tiene nada que ver. En cambio, tu camarada Ahmed ha traído la furgoneta esta mañana.

Nour se levantó de repente para no tener que seguir escuchando.

–¿Crees que no sé que la utiliza para hacer trabajos sucios de miliciano con tus camaradas? –agregó Rahma de todos modos.

El muchacho salió de la cocina haciendo un esfuerzo enorme para no cerrar la puerta de un golpe. A veces su cuñada era una arpía insoportable. A pesar de su inteligencia, parecía no entender nada de lo que estaba pasando. Para colmo se había casado con ese islamita de su hermano, algo que no hablaba demasiado bien de su salud mental. Lo que no podía comprender era qué podía ver una bella mujer como ella en ese exaltado de Athir.

Nour se desembarazó de sus pensamientos desagradables con un seco movimiento de hombros. La vida era bastante complicada de por sí para ir buscando la cuadratura del círculo.

Al pasar delante de la sala vio que su madre ya se había aposentado delante del televisor, de donde no se levantaría hasta muy avanzada la noche.

«Esta es otra que se cree centinela y no le quita el ojo a la pantalla –pensó con ternura socarrona–. Así luego puede ser la primera en anunciarnos el fin del mundo.»

Se inclinó a darle un beso.

Sherezade se lo devolvió maquinalmente, pero apenas oyó cerrar la puerta, se dirigió hacia la ventana y suspiró. Después, mientras contemplaba como el chico se alejaba, sus labios se pusieron a recitar una muda plegaria.

Sherezade

Llegaban grandes cantidades de soldados. Saltaban de los camiones con la matraca en mano y empezaban a dar palos de ciego. Los que se habían apostado en los tejados observaban atentamente a los manifestantes más jóvenes. Las mujeres, numerosas entre los insurrectos, llevaban la cabeza cubierta con un pañuelo. Algunas portaban banderas, otras levantaban los brazos y los agitaban como si blandieran bastones. Los niños tiraban piedras a los militares, al tiempo que detallaban en voz alta su armamento: fusiles de inyección, M16, granadas de espoleta automática...

Con un *keffieh* en la mano, un adolescente se apartó de la muchedumbre, loca de indignación, y avanzó tranquilamente, sonriendo, hacia el grupo de soldados.

Los militares empezaron a lanzarle insultos y uno de ellos le puso bajo la mira del fusil.

El muchacho se detuvo y se echó el *keffieh* sobre un hombro, dejando al descubierto el revólver que empuñaba.

En menos de una décima de segundo lo apuntó a la cabeza del soldado, que debía de tener su misma edad, y con hermosa voz gritó:

–*Allah ou akbar!*

La pantalla del televisor se cubrió de un cielo sin nubes. Luego aparecieron las *rangers* de un soldado pateando con rabia la cabeza del adolescente de rizos morenos.

En la habitación apenas iluminada se escuchó un tintineo de porcelana.

Sin abrir boca, Sherezade volvió la cabeza hacia su nuera, que acababa de entrar en la estancia. Su mirada glacial se deslizó desde el rostro hasta el vientre abultado de la muchacha, notó que estaba un poco bajo, y luego lanzó un dardo colérico a esos grandes ojos que la escrutaban.

Rahma hizo un esfuerzo para no devolver a la extraña mujer, insultantemente bella todavía, una descarga de odio similar a la que acababa de recibir. Apretó con fuerza las tazas entre sus dedos y siguió alineándolas sobre la mesa.

Los disparos y los gritos llenaban la sala, como si el televisor hubiera derramado a los amotinados y a sus ejecutores sobre ella.

Fija delante de la pantalla, pálida, Sherezade se mordió los labios y lanzó un gemido que sólo fue percibido por el oído adiestrado de su nuera. Las lágrimas se deslizaron con discreción por sus mejillas, mientras sus ojos miraban con ternura el cuerpo de ese adolescente de Jerusalén que una bala israelí acababa de asesinar.

–¡Ahmad! ¡Ahmaaad! –se oyó aullar a una mujer.

La imagen se centró inmediatamente en el grito, luego hizo un gran *zoom* sobre el cuerpo del adolescente, que giró lentamente sobre sí mismo con las dos manos hasta llevarlas primero a su pecho ensangrentado y luego a la cara.

El ojo de la cámara mostró el rostro, enmarcado por las palmas manchadas de sangre, hasta que la cabeza se derrumbó.

La pantalla fluctuó. La entrada del túnel de la Tumba de los Patriarcas, que servía de fondo a la escena, pareció desprenderse de la imagen del cuerpo de Ahmad, bello como un sosia del profeta Youcef en vaqueros.

Plano fijo.

La imagen del cuerpo ocupaba la pantalla demasiado rato.

Algo no iba bien. Los árabes solían morir más discretamente en el telediario.

Sherezade sintió pánico.

Los ojos color miel del muchacho eran como trigales arrasados por un ejército que siguen ondeando al compás del viento.

Nuevo *zoom*, esta vez sobre un reportero presa del delirio que se acercaba a un micro gritando:

–¡El revólver era de plástico!

Mientras, en *off*, la madre del muchacho aullaba el nombre de su hijo. Pero los labios delicadamente torneados de Ahmad transmitían la misma sensación de desolación que los campos de cultivo pisoteados

–¡Dios! –exclamó entonces Sherezade–. ¿Por

qué nuestros hijos sólo conocen los ardores que conducen a la muerte?

–¡Será porque es lo único que vosotros les enseñáis! –dijo Rahma.

Y se marchó de la sala antes de que su suegra tuviera tiempo de responder a su ataque asesino.

Nour

Al salir de su casa se fijó que el sol estaba aún pálido. La calina que subía del mar en forma de jirones iba laboriosamente al asalto de la montaña. Casi todos los días de los últimos meses el cielo había sido gris. Sin embargo, hoy tenía un color algodonoso, con aspecto de cansado, como si le repugnara la tarea de estar allí. La víspera, el siroco había soplado muy fuerte, arrastrando una estela de polvo que cortaba como una afilada plaga.

El muchacho se detuvo al pie del edificio

para olisquear el aire con atención, y distinguir así el olor a siroco del aroma a humo.

Los fuegos forestales habían estriado la montaña con largos regueros rosados en los que la vegetación se arrastraba a ras del suelo. Este año, matojos de espinas color arena se mezclaban con bosquecillos de retama de tonalidades doradas.

Al pasar la mirada sobre unas zarzas que no recordaba haber visto jamás, pensó que, en virtud de una misteriosa alquimia, el reino vegetal y el de los hombres veían nacer monstruosas especies mutantes que proliferaban al amparo de las catástrofes.

En algunos lugares la montaña exhibía espacios de árboles carbonizados que todavía permanecían en pie. Cada vez que levantaba la vista hacia ese cementerio vegetal, Nour sentía un violento espasmo en el estómago.

Criado casi como un huérfano por su abuelo medio ciego, de niño siempre había preferido la compañía de los espacios naturales a la retahíla de recriminaciones de sus parientes. ¡Cuántas veces le había contado sus penas al tronco pelado de un eucalipto o a un nudoso olivo! ¡Cuántas veces se había dormido, con las mejillas bañadas de lágrimas, a la sombra de las hojas, mecido por su susurro!

A los veinticinco años vivía todavía en la prolongación de la infancia. En sus ojos color avellana brillaba el destello del único juramento que había hecho jamás. No maltratar nunca a la naturaleza, no parecerse a esas almas momificadas que cruzaban el espacio sin verlo.

Los demás no le importaban, se contentaba con ir saliendo del paso. No se sentía vinculado a los hombres por ningún compromiso y tampoco esperaba nada de ellos.

Sin embargo, sabía que pertenecía a esa tierra torturada como jamás pertenecería a una mujer. Ni su madre ni la más maravillosa de las mujeres podrían exigirle jamás el abandono de sí mismo del que era capaz cuando se fundía con la naturaleza.

Nour inspiró una larga bocanada del espeso olor meridional. Las ventanas de su nariz palpitaron al reconocer los efluvios marinos que venían del puerto, y sus pulmones se ensancharon dispuestos a contener todo el Mediterráneo. Incluso la ligera estela de gasóleo y alquitrán que descubrió fue bienvenida.

Sus músculos abdominales se contrajeron mientras su pecho se hinchaba de un sentimiento de satisfacción irisado de tristeza.

Años antes, como todos los chicos de su edad, había sentido el impulso de hacerse marino, pero los numerosos viajes en barco que hiciera para ir a visitar a su familia inmigrada en Francia habían terminado por disuadirle.

Así que hasta el momento se había contentado con amar el mar como un campesino hijo de la costa, como alguien que combinaba las duras labores de la tierra y el sabor cálido del heno recién cortado, con la natación en las aguas límpidas de las calas, engastadas en las rocas como joyas antiguas.

Algunas veces salía en barca con sus amigos pescadores y, en silencio, saboreaba el espectáculo sobrecogedor del cabo Carbon avanzando hacia el mar, o el de la majestuosa Yemma Gouraya, la montaña dolorosa que velaba el destino siempre trágico de sus hijos, cubriendo con su sombra parte de las aguas.

Nour se dirigió a paso ligero hacia la furgoneta que estaba aparcada un poco más abajo. Mientras caminaba recordó que a excepción de los árabes fundadores del reino de Bejaïa, los demás invasores, empezando por los romanos, pasando por los españoles y acabando por los franceses, habían prohibido a la población autóctona el aprendizaje de los oficios del mar. Los vándalos habían llegado incluso a castigar con la muerte a quien contraviniera esa prohibición.

Nour empezó a darle vueltas al tema sin alcanzar a comprender bien el porqué. De pronto, de un modo del todo irracional, esa prohibición antigua le resultó una carga demasiado pesada. Sintió un deseo de rebelión primordial. Presa de una frustración dolorosa que le comprimía el pecho, deseó violentamente poseer el mar.

En medio de la calzada, desfondada por las lluvias torrenciales y por los trabajos que el ayuntamiento emprendía y abandonaba por la misma oscura razón, Nour se detuvo, dominado por un ansia fundamental.

Deseó ser salpicado por un tornado de espuma, producto de inmensas olas verdes y azules que se izan y labran su camino en el agua furiosa. Experimentó la sensación de oír velas rasgadas al crujir del viento. Le pareció ver fondos marinos en la tensión cercana al éxtasis de la conciencia. Probó el ansia alucinada de ahogarse, con el aliento cortado y las carnes magulladas, en las mareas implacables, después de haberlo intentado todo para salir con vida.

Luego emprendió de nuevo la marcha.

Amainado el temporal, decidió no tolerar jamás prohibiciones tan monstruosas. En su memoria hecha añicos se lamentaban ancestros a los que habían amputado una parte del alma. Las lágrimas de su infancia, bruscas e inexplicables, regresaron a él en un hipido. De pronto comprendió que el pasado sigue llorando en nosotros hasta que lo asumimos.

De un salto, subió a la furgoneta y la puso en marcha. Pero enseguida bajó a limpiar el parabrisas y, como si fuera una yegua, le dio unos golpecitos a la carrocería, acariciando la palabra *imesvriden* escrita con letras azules en el lado derecho.

Tras ajustar el asiento, se puso de nuevo al volante de su *viajero.* Ahmed y él eran casi igual de altos, pero cada vez que su amigo le cogía el vehículo prestado, Nour se veía obligado a hacerle una pequeña revisión. Su compañero nunca rehuía el pago de los arreglos importantes, pero seguía usándolo sin poner cuidado, sin tomar la menor precaución.

El muchacho había conseguido la furgoneta a cambio de cultivar el terreno de un pariente emigrado a Francia, y se sentía infinitamente libre circulando por un país del que empezaba a entrever su inmensidad y su belleza. Pero tenía intención de poner remedio a eso que su madre llamaba ostracismo de montañez y desde hacía un tiempo se dedicaba a rentabilizar el furgón haciendo transporte de mercancías. Si seguía prestándoselo al ex boxeador cada vez que se lo pedía, era porque Ahmed le había ayudado con el papeleo administrativo para sacar el automóvil del puerto.

Para el ciudadano de a pie, la importación de un coche suponía pagar a todo tipo de intermediarios inútiles, una verdadera hampa nacida del matrimonio de la administración y el dinero negro contra la que no cabía recurso alguno. Por eso Nour no conseguía librarse de la incomodidad que le producía relacionarse con un personaje cuyas peleas en los bares eran la comidilla de todos los días. Las cosas habían empeorado desde que Ahmed se había puesto a la cabeza de milicianos disfrazados de Rambo pueblerino, con el arsenal que las autoridades le habían entregado, para montar broncas a la salida del pueblo.

–¡Pronto se necesitará un salvoconducto para ir de un lugar a otro! –exclamaba la gente.

Aunque no lo manifestara, Nour estaba de acuerdo con esa queja, sobre todo porque, hasta el momento, la Cabilia, con sus estructuras sociales aún sólidas en los pueblos de montaña, no había conocido las masacres de otras regiones.

Nour recordó que hacía meses que los periódicos anunciaban la llegada de grupos terroristas a la región y circulaban rumores que la gente tomaba en serio.

Al darse cuenta de que detrás de esos pensamientos resonaban las palabras de Rahma, los apartó rápidamente de su cabeza y, decidido a evitar la carretera nacional, tomó un camino que serpenteaba al pie de la montaña, no tanto para ganar tiempo, ya que prolongaba sensiblemente su trayecto, sino sobre todo para evitar los largos períodos de espera y el vociferío de los conductores.

Desde hacia un tiempo, esa carretera parecía haberse convertido en el espacio donde mejor se desplegaba la neurosis colectiva. El temor a encontrarse con falsos controles se sumaba al estrés que provocaban las auténticas barreras militares, con su lote de humillaciones, y los hombres armados que nunca sabías quiénes eran ni qué querían cuando te apuntaban el revólver debajo de la nariz.

El único código que se imponía a todos era la ley del más fuerte. De ese modo, el trayecto más banal estaba lleno de incidentes, algunos tan graves que acababan en el hospital o en la gendarmería, lugares que Nour prefería no tener que visitar.

Desde que el tráfico entre Bejaïa, capital de Cabilia, y Argel, se había vuelto especialmente intenso, por razones de seguridad, los conductores ya no tomaban las vías periféricas y sólo se desplazaban a las horas de más afluencia. Sometidos a la tensión de los encuentros desafortunados, las barreras de verdaderos terroristas o de falsos militares, los automovilistas se vengaban profesando un odio feroz por cualquiera que encontraran, por el pobre diablo cuyo coche se averiaba, y, en general, por todos los que allí se hallaban, pues sin ellos no habría tanto embotellamiento. Sin embargo, cuando eran poco numerosos, porque habían emprendido demasiado tarde el camino de regreso, se ponían de lo más contentos al cruzarse con otros, y se saludaban afectuosamente, intercambiando información sobre el estado de las carreteras.

Pese a todo, a Nour le seguía encantando conducir. Es más, creía que nada se adaptaba con tanta perfección a sus ensoñaciones como la evolución ininterrumpida del asfalto y el desfile de los plátanos que formaban una bóveda de follaje sobre la carretera. En verdad, nada le relajaba más el alma que esos campos de olivos que se dispersaban por las colinas y esas adelfas blancas y rosadas que brotaban y se marchitaban en los márgenes.

Una vez más, el muchacho dejaba que su espíritu vagara por encima del paisaje deshabitado, cuando dos extrañas figuras humanas en la lejanía llamaron su atención.

Rahma

Al poner un pie en la entrada de la habitación de Rahma, Sherezade se preguntó de qué crueldades habría sido capaz su nuera si su nombre no hubiese significado Misericordia.

La respuesta a su comentario sobre la muerte del joven palestino vista hacía poco en televisión aún le dolía.

No obstante, se mantenía erguida y majestuosa, una media sonrisa entre irónica y triste en los labios, mientras se trenzaba la cabellera que le caía por los hombros.

Llevaba una larga chilaba de seda color ciruela, bordada con orla de un tono más oscuro, que le caía hasta los pies, dejando a la vista los brazaletes de plata vieja con cabeza de serpiente que rodeaban sus finos tobillos.

En un intento de tragarse los sollozos que se atropellaban en su pecho, Rahma se había obligado, paradójicamente, a fijar la vista en esos animales por los que experimentaba una fuerte repulsión.

Sentía que algo se estaba quebrando en su interior, pero por nada del mundo se habría derrumbado en presencia de «ese monstruo frío», para quien las imágenes de televisión y las páginas de los libros eran más reales que los seres de su misma sangre.

«Aunque se retuerzan de dolor ni siquiera se digna prestarles atención», pensó levantando bruscamente la cabeza.

Imprevisible y cambiante de emociones, se dijo que su suegra era el ser más enigmático con el que se había cruzado nunca. Tres años habían pasado ya desde su boda con Athir, y aún le costaba verla realmente como la madre de su esposo. Sin embargo, estaba apegada a esa mujer de la misma forma que se queda uno en un lugar del que intuye una faceta desconocida.

«Se parece a Argel –pensó–. No se sabe jamás si le va a deslumbrar a uno con una apertura majestuosa sobre el mar al final de una callejuela sórdida.»

Un pinzamiento de dolor endureció los rasgos de la muchacha al evocar para sus adentros su ciudad natal, de la que ya no le llegaban más que ruidos de deflagración y gritos de pena.

Argel, la blanca, que se abría a una de las bahías más bellas del mundo, con su abandonada y decrépita arquitectura colonial, probablemente culpable de haber alcanzado su apogeo en el centenario de su bárbara colonización.

La joven se dejó caer sobre la cama y, con la mirada en el vacío, se dijo que los encantos de su ciudad, como los de Sherezade, no podían ser desvelados más que por los seres sensibles a su belleza arisca.

–¿Te acuerdas el día que nos conocimos? –le espetó de golpe a su suegra.

Por su mente desfilaron las sutiles mansiones emboscadas tras setos de glicinas, limoneros y jazmines que los nuevos ricos amantes del cemento habían abandonado.

–¡Cómo podría olvidarlo!

Rahma sintió que la mirada de su suegra le devolvía el corazón incierto de su ciudad del alma, cuyos racimos de habitaciones encaladas caían rodando hacia el mar y se estrellaban contra el oleaje azul, para luego huir hacia los montes tocados de pinos, alcornoques y buganvillas.

–¿Recuerdas a esa loca que apareció desnuda en la calle y empezó a delirar contra los hombres? –preguntó la joven, sentándose en el borde de la cama.

–Ahora mismo me siento igual que ella –dijo Sherezade–. Tengo la sensación de que nada coherente y sensato puede decirse, y menos aún cambiarse. Cada uno de nosotros parece estar petrificado en su caos interior para poder hacer algo..., aparte de eructar espasmos de dolor y desesperación.

La expresión irónica fue desdibujándose poco a poco del rostro de la mujer, como si con cada una de sus preguntas Rahma la hiciera salir de su propio universo de sonidos e imágenes, de ideas abstractas y de sueños confusos, obligándola a implicarse, aquí y ahora, a riesgo de equivocarse una vez más, sin poder esperar el socorro de nadie.

Antes de responderle, Sherezade llegó a preguntarse incluso qué consecuencias podían derivarse de ello.

–Recuerdo que en esa época tú creías poder identificar claramente a los culpables y a los inocentes. Eras tierna en tus expansiones y radical en tu toma de posturas. Ahora te has hecho juiciosa y... has endurecido.

–Escuchándote se diría que pronto me voy a parecer a ti –dijo Rahma–. Sinceramente, no lo pretendo. Eres una mujer admirable, pero yo quisiera ser... presente. En cambio, tú siempre estás donde los demás no se atreven a estar.

–¿Me acusas de orgullo porque ya nadie se atreve a hacer gestos simples? ¿Debo acaso arrepentirme de no sentirme satisfecha?

Rahma esbozó una sonrisa socarrona.

–Hablas como si aún te afectara lo que nos ocurre. Creí que sólo te conmovían los personajes literarios... o televisivos.

Sherezade admiró la increíble capacidad de su nuera para volver a poner algún comentario polémico sobre el tapete en el mismo instante en que parecía a punto de hundirse.

–¿En qué percibes tú la diferencia entre vuestras gesticulaciones y las desgracias que ocurren en el resto del mundo?

–No veo la relación con lo que te reprocho...

Sherezade la interrumpió con un gesto brusco.

–Un día la verás. Pero ahora he venido por otra cosa. Vente a la cocina y te la contaré delante de un vaso de té.

Nour

Cuando detuvo la furgoneta al borde del camino polvoriento, el muchacho se dio cuenta de que las dos siluetas que se arrastraban por el campo eran en realidad dos niños.

Acababa de entrar en otra comarca, pero la conocía al dedillo porque allí había transcurrido parte de su infancia. Sabía, pues, que no era un buen lugar para llevar a pacer a los animales. Además, los huertos, la tienda o la casa más insignificantes se hallaban demasiado lejos para que unos críos anduvieran por allí.

En cuanto la furgoneta se metió a transitar

por un sendero apenas marcado en medio de los campos, los dos pequeños echaron a correr en dirección contraria a la que llevaba el vehículo.

Acostumbrado a que los niños siempre se acercaran cuando entraba a un pueblo, comprendió que les había ocurrido algo grave.

Cuando los alcanzó reconoció a su prima Taous, que siguió corriendo y arrastrando tras ella a su hermano.

Nour frenó bruscamente, bajó de la furgoneta y corrió en dirección a ella.

–¡Espera!

Al reconocer a su primo la niña se derrumbó.

A Nour le pareció que iba a exhalar el último suspiro, como una gacela agotada que se echa a morir en el suelo.

Llevaba la ropa sucia y los pies desnudos, algo que si no era raro en una campiña pobre como ésa, sí lo era respecto a la madre de los pequeños. Su prima Fátima jamás habría dejado que sus hijos salieran de casa en ese estado.

Pero los dos niños eran incapaces de explicar qué les había pasado, de modo que Nour los cogió en brazos.

Cuando se acercaban a la furgoneta, Taous gritó con terror.

–¡Cuidado! ¡Están escondidos dentro!

Nour bajó a la niña y empezó a hablarle suavemente para calmarla. Por lo lejos que se encontraban de su casa, estaba claro que llevaban horas andando.

Después de tranquilizarlos un poco, los subió a la furgoneta y emprendió el camino hacia la granja de su abuelo, sin hacerles ninguna pregunta, pero sin dejar de acariciar la cabeza de Taous.

Mientras tanto, luchaba para que su mente no fuera dominada por los más terribles presagios sobre una guerra de la que había creído poder huir.

Un atardecer había ido a comprar naranjas a un pueblecito de una región distante a sólo cuarenta kilómetros de la capital, famosa porque sus vergeles en flor desprendían un aroma que trastornaba el corazón más puro, y se lo había encontrado convertido en una zona militarizada donde ya no quedaban flores ni corazones.

Había sido como caer en un universo distinto.

El paisaje llevaba los estigmas del terror.

Vehículos quemados yacían en medio de vergeles decapitados, donde militares nerviosos levantaban barreras con el crepúsculo de fondo.

Pero lo que más le había afectado era la mirada de la gente, con ojos de bestia acorralada, ahítos de terror y odio, que vagaban por el espacio antes de hincarse como un cuchillo en el entrecejo del que los miraba. Lo mismo en el lugareño que había corrido a parapetarse en su casa al verlo bajar de la furgoneta, que en el militar que había controlado su vehículo. En ambos, la rabia producida por el miedo parecía llenar todo el aire que respiraban y retorcer cada partícula de su ser para fabricar una bala contra el enemigo.

Su hospedero había encerrado a mujeres y niños en una habitación con la ventana tapiada y la puerta reforzada con triple blindaje. Con él había pasado la noche, tomando un café tras otro, un viejo fusil de caza entre las manos.

Los gritos le habían asaltado bien entrada la madrugada.

Primero fueron como aullidos de una bestia cruce de lobo y chacal, luego el desencadenarse de sonidos metálicos cuya naturaleza era imposible identificar.

Al día siguiente algunos sobrevivientes dirían que provenían de las segadoras con que los terroristas abatían las puertas blindadas de las casas; otros afirmarían que eran las espadas y cuchillos que aquéllos afilaban en la plaza antes de empezar su macabra tarea.

El desencadenamiento de sonidos había incluido, en su atroz diversidad, el impotente aullido de las víctimas.

En cuanto escuchó los primeros gritos, una especie de zumbido le llenó los oídos y luego el cerebro.

Nour creyó por un segundo que los furiosos latidos de la sangre contra los tímpanos le iban a hacer estallar la cabeza.

Cuando el sol desgarró las brumas del día siguiente, los sobrevivientes regresaron de nuevo a sus cubiles, con los cuerpos bebiendo a lengüetadas el soplo de la vida. Pero sus almas violadas por el terror no volverían jamás a ser las mismas.

Excepto para la venganza ciega.

Mientras conducía por el polvoriento camino hacia la granja de su abuelo, Nour no podía quitarse de la mente el cuerpo de esos dos adolescentes a los que los lugareños habían atrapado la tarde siguiente al cruel ataque.

Tras acusarles de pertenecer a una banda de terroristas, después de lincharlos hasta la muerte, habían mutilado y decapitado sus cadáveres. Mientras los troncos colgaban en la plaza del pueblo, los más exaltados se habían puesto a jugar al fútbol con las cabezas cercenadas.

De nada había servido la llegada de los militares, a última hora de la tarde. Se limitaron a izar la bandera y cumplir con respeto su reglamento.

Un oficial que observaba el entierro de los familiares de los lugareños, al ver la macabra partida de fútbol le había comentado a uno de sus hombres:

–Esos sí que han entendido de qué va la cosa.

Nour se había quedado con la mirada fija en un niño que apretaba una piedra entre sus manos mientras observaba a los militares. Enseguida comprendió que habría muchas otras noches de horror.

Después de todo aquello quiso ponerse a salvo y una vez hubo ayudado a enterrar a los muertos, se marchó de allí prometiéndose no volver a poner los pies en esa región.

Ahora la puerta del horror volvía a abrirse, aunque se tratara de la de otra casa.

A medida que la furgoneta avanzaba hacia la granja de su abuelo, el aire se cargaba de un repugnante olor a quemado. Poco a poco se hacía evidente que el fuego se había extendido hasta los campos cercanos a la vivienda y luego se había apagado por falta de ganas de seguir destruyendo.

Desde la distancia se dio cuenta de que, aunque se había quemado completamente una gran parte de la casa, el pajar donde se acumulaba el heno estaba intacto.

Comprendió que eso había significado la salvación para sus pequeños primos.

Con toda la esperanza de la que aún era capaz, se preguntó si la madre de los niños habría tenido parecida suerte.

Sherezade

Rahma había visto como su suegra se marchaba de la habitación sin esperar ninguna reacción, experimentando una violenta sensación de impotencia similar a la que se había apoderado de ella cuando se encontraron por primera vez.

–¡Rahma! El té está listo –la oyó, de pronto, gritar desde la cocina.

La joven se levantó y fue deprisa hacia allí, pero se detuvo en la puerta para ver cómo Sherezade inclinaba desde muy alto la tetera y dejaba caer el líquido ambarino dentro de un vaso esmeralda con citas grabadas en oro.

La espuma coronó los recipientes, esparciendo por la cocina el olor fresco a menta perlada y el aroma sutilmente áspero del té verde.

Rahma sabía que para Sherezade un té a la menta bien hecho era toda una victoria sobre la melancolía de los tiempos presentes y un arte de vivir al que se negaba a renunciar.

Sentadas frente a frente, las dos mujeres empezaron a sorber el brebaje en silencio. Rahma esperaba casi con ansiedad que su suegra comenzara a contarle eso para lo cual la había llamado. Pero cuando Sherezade, con un tono de voz distante e impersonal, acabó de confesarle que después de haber sido llevada a un campo de refugiados con su marido dejó a éste para seguir al militar que los había conducido al encierro, sintiendo un agudo dolor en el estómago, la muchacha deseó que su suegra no continuara. De inmediato comprendió que las palabras de esa abdicación formaban parte de los gemidos del mundo y se dispuso a seguir escuchándola con solidaria atención.

–Si acepté su propuesta de abandonar al maestro fue sólo para poder convertirme en mujer de oficial –continuó Sherezade–. No crucé ninguna palabra con mi antiguo compañero, simplemente le anuncié que me marchaba. Él comprendió enseguida la inutilidad de cualquier explicación. Lo que acabábamos de enterrar, al ser expulsados de nuestros sueños de redimir a los demás a través de las palabras, podía prescindir de ellas.

»Si me casé con un militar fue porque se me habían acabado los vocablos necesarios para hacer una nueva revolución. Estaba realmente agotada por los años atroces que habíamos pasado.

»La resurrección procede de un lugar más recóndito que la alegría o la felicidad de haber vencido al enemigo. Es infinitamente más brutal que un volcán en erupción y más frágil que un pajarillo que palpita. En los primeros días de la Argelia independiente había visto como los niños, racimos abigarrados de verde, blanco y rojo, bailaban y reían contentos de que les hubieran vestido del color del emblema nacional. Pero lo que se notaba en el iris sombrío de los adultos no presagiaba nada bueno. Habíamos vivido demasiados horrores para que las cosas pasaran sin más... Las masacres, por supuesto, habían continuado. En algunos lugares, la tierra, saturada de sangre, seguía vomitando sangre. Sangre color crimen cometido por maldición, que nunca coagula y sigue borbotando entre hermanos, dejando una espuma de angustia.

Sherezade se quedó un momento mirando los fantasmas que llevaba grabados en la pupila y luego prosiguió con su relato.

–Si me casé con un militar fue porque estaba exhausta de los sacrificios que habíamos pasado el maestro y yo. Dispuesta a creer en mi culpabilidad, era inútil esconderse la verdad, había sido vencida y aceptado una actitud de vencida. Quizás, secretamente, en alguna parte, esperaba que la victoria que nos habían arrebatado conduciría, a sus nuevos dueños, hacia otras victorias que beneficiarían a la nación entera. Era, claro está, una ilusión. Pero regresábamos de tan lejos y había tanto que hacer... Ya sabes que los moralistas siempre piensan que pueden reescribir la historia.

La narradora se calló y Rahma creyó que se iba a detener en ese punto, pero tras un instante la oyó proseguir:

–Tal vez fue en ese momento de mi vida cuando aprendí de verdad que ninguna derrota, por más aceptada que sea, es total. Llevaba en mi seno el fruto aún diminuto de mi pasado amoroso y militante, y nadie, ni siquiera mi nuevo marido, sabía que estaba embarazada.

»En ese período de cambios todo parecía posible. La sociedad ofrecía el espectáculo de un mosaico de conductas contradictorias, porque en el aire había un desesperado deseo de sanar y de vivir.

»En los primeros tiempos de la independencia era frecuente ver llegar a una recién casada seguida de una caterva de críos, y nadie se preguntaba quiénes serían sus padres. Fue mucho después cuando los antiguos combatientes recuperaron la moral hipócrita y el derecho de pernada.

»El disimulo de mi embarazo era un arma de esa guerra no declarada en la que iba a convertirse de pronto mi nueva vida. Te ahorraré los detalles. Te bastará saber que, de entrada, yo le negaba al militar lo único que él quería que le profesara: la confianza.

»Eso era algo que ya no habría de conceder a nadie.

»Athir vino al mundo en un clima de sospecha que yo no intentaba en absoluto disipar. Abandoné toda vida social, esa nueva actividad hecha de inflación de discursos, en los que no había el menor atisbo de convicción. Los rumores me atribuyeron aventuras, y más de un amante, pero a mí me traían sin cuidado. No habiendo hallado aún las nuevas palabras capaces de justificar mi impostura, permanecía encerrada en mis sueños.

»Me zambullí en la comprensión del mundo como quien se abandona a una droga. Lo leía todo y sobre todos, proyectándome en seres del otro extremo de la tierra, o del tiempo, cuyas vibraciones me llegaban con mayor intensidad que el martilleo rabioso de los discursos más cercanos.

Sherezade hizo otra pausa, y a Rahma no le resultó difícil comprender por qué su suegra había intervenido para salvar a una mendiga medio loca del ataque de la multitud el día que la conoció.

–Cada latido de mi corazón era un alto en el mapa de los dolores del mundo –prosiguió Sherezade, inflamada por una suerte de fría pasión–. Gemía con el África asesinada en Lumumba o encarcelada en Mandela. Ghandi me sonreía a lo lejos y los blancos dientes del Che reían con la promesa de una justicia a escala mundial. Los versos de Mahmoud Darwiche escondían el rechazo del asesinato al pueblo palestino. Y la voz espléndida de Fayrouz hacía resonar el terror de la guerra en el Líbano. Pero ni siquiera la suma de las causas justas abrazadas me sustraían de la alienación.

Sherezade se detuvo de nuevo y Rahma pudo verla otra vez ayudando a Tamza.

Tamza

Era un mes de marzo particularmente soleado, cinco o seis años atrás. El tiempo transcurría deprisa. Tanto que Rahma, cuya memoria fotográfica retenía hasta el más pequeño detalle de un rostro o de un relato, ya no sabía seguir su paso. Aquella época parecía transitar por un camino distinto al de los hombres.

Pero la joven recordaba con precisión meticulosa el día en que había visto a Tamza por primera vez.

Rahma habría de recordar a menudo a esa

mujer con un estremecimiento en el corazón y un cierto sabor a fracaso en la boca.

Tamza, la loca. La ogresa desgreñada, con la desesperación alrededor del cuello tendido para atraer el abrazo fatal.

Tamza, la loca. La ogresa de ternura necia y ojos dispuestos a fundirse en un arroyo de lágrimas, entre la pasividad de las algas y la crueldad de las zarzas. Tamza, la loca, la ogresa con un horrible sufrimiento destripándole las entrañas a la vista de todos. Tamza, la loca, la ogresa que quizá algún día hallaría remedio en los maravillosos jardines de Alá.

Antes de verla, Rahma había oído sus palabras:

–Cuando nací, mi padre se negó a apuntarme en el registro civil y mi madre no quiso darme nombre. Yo era la chica de más... No hubo gritos de fiesta para mí... «No es más que una chica». Ninguna voz se alzó para celebrar la ausencia del falo vengador.

Tamza prorrumpió en una risa contagiosa para muchos de los mirones.

–No les creáis cuando dicen que van a alistaros bajo la bandera de la religión, la nación o yo qué sé... –Se detuvo un instante para hacer durar el suspense y luego murmuró–: Su único emblema es...

Tamza levantó de nuevo la voz para aullar la palabra impronunciable en público. La multitud rugió. Sin embargo, la demente rugió más fuerte que la muchedumbre.

–¡Dejadme vomitar las palabras!

En el momento en que parecía que se iba a poner más violenta se calmó y entonó con voz ronca un extraño monólogo, remedo delirante de una vieja canción popular.

–El cielo está demasiado alto, no puede escuchar los gritos de la pobre Tamza –calló un momento y luego siguió con un espasmo de cólera–: ¿Por qué se marcharon mis niños y me dejaron sola?

Paseó la mirada por la disparatada asamblea y luego dibujó un gesto amplio con el brazo.

–¡Iros! ¡En hileras rotas, unas hacia el pasado y otras hacia el ayer! ¡Dejad que vuestras quejas trasnochadas y mentiras se pudran en mi seno! ¡Dejad que los colmillos insaciables de los más caníbales de vuestros ancestros caigan sobre los locos! ¡Lleváis siglos aplaudiendo...!

Tamza repitió varias veces la palabra aplaudiendo como un disco rayado; luego dio un salto brusco y se subió a un banco.

–Aplaudir es cosa de muchedumbre. Pero luego, corréis, ladráis a la luna, degolláis a algún poeta imprudente o mandáis a la hoguera a alguna presa desgraciada, mujer, como debe ser. ¡Multitud, carecéis de imaginación! Lleváis siglos haciendo lo mismo. ¿Y yo debería llevar en mi seno el horroroso producto de vuestra simiente? ¿Darle de mamar y prodigarle mil cuidados para que crezca y vaya a ocupar su lugar entre vosotros?

»¡No, eso nunca...! ¡Ah, cómo me gustaría coserme el vientre, cerrarlo para siempre jamás, y ver cómo envejecen vuestros cuerpos! Decidme, cuándo ya no tengáis progenie que echaros a la boca para masticar vuestros deberes y escupir vuestro odio imbécil sobre el mundo, ¿qué os quedará?

Sin dejar el banco, la mujer se agachó hasta el suelo y empezó a acariciarlo con una ternura infinita.

–Tierra corrompida, tierra corruptora. Tú también deberías coserte el vientre. ¡Entrad de nuevo en vuestro silencio, matrices angustiadas! ¡Guardad vuestra fertilidad para otro siglo u otro mundo! ¡Y dejad morir a los hijos que ya han nacido! Dejadles morir... Tienen la gloria al borde de los sueños, pero tienen sueños de viejos, sueños de odio...

Tamza se irguió en el banco, y se quitó la tela rasgada que le servía de vestido. Completamente desnuda, saltó del asiento y se puso a correr entre los coches.

–¡Maldita hembra! ¡Desnuda en pleno mes del ayuno!

El que así gritaba era un chico barbudo de mirada endurecida, alto como un andamio, que la agarró de un brazo en el instante en que ella pasaba por delante de él.

–¡Maldita hembra! –siguió gritando mientras la golpeaba hasta hacerla sangrar.

Por culpa de esa diablesa que le había «roto» el ayuno tendría que pasarse sin comer otros tres días más o dar de comer a sesenta menesterosos, como mandaba la tradición.

No es que le disgustara ayunar, se entregaba con gozo a las prescripciones de la fe, pero... ¡echaba tanto de menos el café!

Desde el amanecer al crepúsculo nada le atormentaba más que la falta de cafeína. Al recordar el aroma incomparable de esa bebida sintió un latigazo de dolor que repercutió en su cráneo, hasta que notó un gozo repentino e incomprensible.

Se sintió liberado de la rabia loca que se había apoderado de él ante la visión de la desnudez de la mujer.

Sí, era ese martilleo en la cabeza lo que le había llevado a ser tan brutal.

Además, ¿todos esos atardeceres en su mezquita no le obligaban a aplicar los preceptos sagrados al pie de la letra?

«Aquel de vosotros que vea una ofensa contra la moral deberá corregirla, de palabra o en su corazón.»

Había dejado de golpear a la víctima cuando le salpicó su sangre, pero no conseguía soltarle el brazo. Movía los dedos, percibía la carne joven y la piel agradablemente suave. Una turbación lejana le hizo estremecer. ¿Procedía esa sensación de detrás de su ombligo o de sus riñones?

Se quedó un momento escuchando su cuerpo, intentando comprender de dónde venía.

De pronto su secreto explotó en la cara de todo el mundo. En la mayor de las arterias de Argel la blanca, frente a un mar indolente, rodeados de automóviles ruidosos, delante de un policía como petrificado, el imán del *kamiss* inmaculado manchado de sangre y barba teñida de alheña, no conseguía soltar a una loca desnuda y herida.

En el silencio que siguió a las imprecaciones del soldado de Dios, mezclado al imperceptible susurro de la sangre que se derramaba, Tamza profirió un largo murmullo con los labios semicerrados. Una especie de gemido que procedía de un lugar más profundo que la garganta, pues nacía de su matriz y de las dolorosas contracciones de su útero.

Fue entonces cuando, bajo el sol primaveral de ese bendito día del ramadán, el imán la liberó.

–¡Maldita hembra! –murmuró una vez más, en voz baja y con un largo estremecimiento.

La mayor parte de los hombres adultos que habían asistido a la escena aprobaron, meneando la cabeza, al valeroso imán que velaba por castigar a la pecadora. El honor había sido vengado, la fe satisfecha. Pero cuando la dulce brisa de marzo pegó el *kamiss* del religioso a su cuerpo y la humedad palpable de su bajo vientre se puso al descubierto, aquellos mismos hombres bajaron la cabeza.

Escapando del apretón de su amante involuntario, Tamza echó a correr entre los coches, riendo a carcajadas y chillando.

–¡Se os levantan mejor los miembros que las cabezas, hermanos! No es de extrañar. Lleváis siglos doblando la espalda para que vuestros falos bien circuncidados protejan el único espacio de soberanía que os queda.

»¡Pero no tendréis nada! ¡Todas la mujeres se han vuelto locas! Y pronto abandonarán sus hogares para correr desnudas como vinieron al mundo. El sol será nuestro único amante, el viento nuestro confidente, el mar nuestro vestido. ¡Sí, locas! Como yo. Ya lo están, pero siguen fingiendo. Pronto ya no podrán. Pronto, incluso las más instruidas, incluso las que han querido parecerse a vosotros, se unirán a las demás. Y todas juntas rasgarán los andrajos que les fajan el cerebro desde las primeras prohibiciones de la infancia. Y todas las madres se quitarán sus blusas para ofrecer su leche a los gorriones, y dejarán que mueran sus recién nacidos.

Entre la jauría motorizada que una luz verde acababa de liberar, Tamza seguía gritando y riéndose. Los coches huían a toda prisa, tratando de evitar el cuerpo desnudo, erguido como una pesadilla que se burlaba de la ciudad.

En ese instante, Sherezade se separó de la muchedumbre, hizo resbalar de sus hombros el velo marfil que los cubría, y, con un gesto tierno aunque decidido, envolvió el cuerpo de la pobre mujer.

Nour

Con el deseo intenso de encontrar a su prima con vida, aunque fuera malherida, el muchacho detuvo la furgoneta a escasa distancia de la casa. Y después de ordenar a los niños que permanecieran dentro, bajó de ella.

Mientras se acercaba lentamente hacia la puerta, sus oídos volvieron a escuchar las risitas sofocadas de Fátima al salir del instituto, las canciones de Lounes cantadas a pleno pulmón por algunos de sus compañeros y una poesía menos bravucona de Menguelet, que ella solía recitar, cuando la proximidad de la primavera adolescente tenía gusto, todavía, un poco a mimosa.

Nour sabía bien que para ella no hubo luego más que días que se sucedían unos a otros, bodas, niños, faenas.

Su matrimonio con un primo que pasaba la mayor parte del tiempo en los bares de Cabilia arreglando el mundo, convencido de que así militaba en la defensa de los derechos de los bereberes, hasta que decidió cambiarlos por las barras de Marsella, había resultado un verdadero fracaso.

Su decisión de alinearse con la facción más religiosa de una familia, que tenía a Athir como figura pública, su voluntad de adoptar el velo islámico y comenzar a lucir un *hiyab* de los más estrictos, no había modificado, sin embargo, sus sentimientos más profundos.

Nour sabía, también, que ella había seguido sintiendo una gran ternura por él, como demostraba su atención de prepararle delicados guisos y de consentir a recitarle los «poemas de antes» las veces que él visitaba la granja.

Podía verla haciendo caso omiso a los discursos de su abuelo, mientras hablaba sobre el honor, blandiendo su bastón de ciego como si fuera un arma, y despotricaba de la influencia que Athir pretendía ejercer sobre todos ellos, para convencerles de que abandonaran la granja y evitaran el peligro de un ataque.

–¡Athir no tiene nada que decir a las mujeres –le había oído gritar muchas veces al viejo–. ¡El dueño de la casa soy yo! Yo soy quien decide. De aquí no nos iremos nunca, ¿comprendes? ¡Nunca llevaré a la esposa de mi hijo a la ciudad para que se eche a perder!

Treinta años atrás el hermano de su abuelo había abandonado la casa familiar para ir a establecerse en la ciudad, y el hombre se había quedado solo en el cuidado de los campos. Había permanecido allí para defender el honor de su nombre. Era su medalla personal y la lucía en cualquier ocasión para cerrarle el pico a la familia.

Recordando los discursos tantas veces repetidos por el anciano, intuyendo de pronto la verdad, Nour abrió la puerta de la casa con un nudo en la garganta.

Lo que nunca sabría era que, la noche anterior, cuando los malditos irrumpieron en su casa y violaron a su nuera, antes de matarla ante sus ojos invidentes, el viejo había seguido agitando su bastón en el vacío hablando de su honor.

Nour buscó un trapo con el que cubrir el cuerpo de su prima. El dolor estuvo a punto de reventarle los poros cuando se inclinó sobre ella, pero una fuerza desconocida hasta entonces se interpuso entre él y su rebelión.

Un poco más tarde, cuando se reunió con los niños en la furgoneta, llevaba en sí ese silencio que acompaña a los cadáveres.

Condujo en silencio hasta la entrada de la ciudad y se detuvo delante de la casa de una amiga que vivía allí desde hacía poco.

Ouma había salido a hacer un recado, pero Nour supo por la anciana que le abrió la puerta y le invitó a que entrara con los niños, que no tardaría en llegar.

Tamza

Rahma se había quedado en la acera presa de una extraña excitación, ansiando desesperadamente un signo, que algo ocurriera. Había mirado a su alrededor advirtiendo que eran muy pocas las mujeres que se habían detenido para contemplar a la pobre loca golpeada por el imán.

En cuanto se aproximaban, viejas o jóvenes, se eclipsaban.

¿Era el espectáculo de la desnudez de la mujer o lo que descubrían en la mirada de los hombres lo que las hacía huir? –se había preguntado aquella vez–. A menos que fuera el temor a alguna reminiscencia vaga... Quizás, también ellas, en el fragor de una cólera impotente o de una pena sin fondo, habían amenazado a sus parientes con salir desnudas a la calle para gritar el desastre de sus vidas.

–Sí, iros pronto a preparar la sopa de *chorba* a la menta, y los *bouraks* crujientes, el café y todas las delicadezas que vuestros «ogros» exigen para romper el ayuno –dijo Sherezade, respondiendo a la pregunta muda de la muchacha, que seguía esperando en la acera.

–Pero... ¿vamos a irnos así? –quiso saber Rahma.

–Pues claro que sí... Hay que aprender a esperar. Incluso frente al desastre.

Ante el aspecto consternado de Rahma, Sherezade sonrió con tristeza.

–Forzar las barreras que la conciencia levanta para protegerse necesita tiempo. Hay demasiados dolores entrelazados... No sé quién de los dos, si Tamza o el imán, lleva mejor su locura –insitió Sherezade mirando a los ojos llenos de indignación de la muchacha.

–¿Por qué sentir compasión hacia alguien que agrede a un ser indefenso? Este hombre es basura, ¡un degenerado que goza violentando a una pobre loca!

–Y sin embargo..., ¿no ves acaso cuánto se parecen? Los dos se alejan con la cabeza gacha, vencida por el peso de su cuerpo y de sus propias emociones... Si no le hubiera dado mi velo a Tamza, me habría apresurado a cubrirle a él.

Luego, las dos mujeres habían seguido discutiendo mientras su futura suegra se llevaba a la loca a su casa para ofrecerle una comida caliente y ropa limpia antes de dejarla marchar.

Aún era práctica corriente para mucha gente acoger bajo su techo a locos y vagabundos o simples extranjeros para que pudieran reposar. Algunos padres de familia salían a la hora de la comida para comprobar que ningún alma menesterosa anduviera sola por el vecindario. Raras eran las comidas que las familias tomaban en la estricta intimidad, y los niños acechaban con una alegría fisgona el regreso del padre con el invitado del día.

Cuando un cabeza de familia volvía solo, se hacía una especie de vacío. Los alimentos que no se compartían no sabían igual.

Sherezade

–*Allah ou Akbar!*

Era la hora de la cuarta oración del día.

Rahma miró hacia la ventana.

La unión lasciva del púrpura y el malva le daba al crepúsculo la orden de hacer más llevadero el baúl de las penas.

Sherezade levantó la tetera vacía y la meció lentamente, con los ojos puestos en la muchacha. Luego continuó:

–Mientras yo soñaba con una solidaridad universal, cortando todos los vínculos de la proximidad, mi marido militar se dedicaba a hacer fracasar complots como un inquisidor, hundiendo cada día un poco más el país en el engaño.

»Así sumaba a la lista de mis amigos imaginarios la de mis amantes igual de imaginarios. Lo más curioso de esa unión era que llegábamos a un mismo resultado teniendo un punto de partida diametralmente opuesto.

»A fuerza de listas negras, expedientes secretos, chantajes inmundos, huelgas reprimidas y cadáveres en los armarios, él y sus compañeros habían terminado por convertir al país en un rehén de la hez de la sociedad.

»Por mi parte las cosas eran igual de oscuras. Estaba tan ocupada amando al mundo que olvidaba que también lo componían seres ordinarios con expectativas desesperadamente triviales. Quizás desvié la mirada por cansancio. Pero había momentos en que me decía que, sólo para poder sentir respeto por sí mismo, un individuo necesitaba tener la fuerza y la capacidad de sacrificio de mil santos.

»El caso es que Nour fue engendrado por un padre que acogía con mayor gozo el reclutamiento de un chivato que el nacimiento de un hijo. Mis dos hijos crecieron entre una madre soñadora y un padre despótico, dos seres que iban a la deriva en un océano de promesas no mantenidas y sueños desvanecidos.

»Al crecer, Athir se volvería hacia Dios en un teísmo apasionado, y Nour se refugiaría en la naturaleza hecha de ausencias.

Sherezade se perdió un momento en sus propias reflexiones, frunciendo el ceño y apretanto los labios, como si intentara convencerse de algo esencial. Luego suspiró y, encogiéndose de hombros, añadió con tono fatigado:

–Tal vez no les haya enseñado a sentir pasión por la vida, como tú me reprochas, pero al menos he intentado evitarles la aceptación de la servidumbre. Sé que no es suficiente para conseguir la libertad y la felicidad que un ser humano tiene derecho a exigir, pero quizás baste para aspirar a la dignidad con todas las fuerzas. Aun a riesgo de entregarse de nuevo a la cólera y de equivocarse sobre la mejor manera de conseguirla.

»Vivimos en un siglo en el que el único estandarte de los pobres son las llagas. Y no hay que olvidar el peso que la muchedumbre impaciente y necesitada, los corruptos, los oportunistas, las innumerables Tamzas, los imanes violentos, los boxeadores furiosos, depositan sobre la espalda de los que creen en las utopías.

»Para cambiar el mundo hay que mantener los ojos fijos en los lugares donde vibra la rebelión sana. Sin olvidar que la multitud herida es capaz de abrir las puertas a la bestia inmunda.

Sherezade había apenas terminado de decir esas palabras cuando llamaron a la puerta.

Rahma, aún bajo el efecto de haber asistido a una revelación, se levantó con sumo cuidado y fue a abrir.

Ouma entró de sopetón en el vestíbulo llevando a la pequeña Taous de la mano y a su hermano en brazos.

–Nour les ha dejado en mi casa –dijo con dificultad.

Intentaba recuperar el aliento. Había subido los cinco pisos corriendo a pesar de la carga y el miedo aún seguía deformando sus rasgos, confiriéndole al rostro el aspecto de una máscara.

Rahma cogió dulcemente en brazos al pequeño, que se apegaba nervioso a la muchacha, tomó de la mano a Taous y caminó hacia la cocina.

Pero Sherezade, que había oído las palabras de Ouma, salió de ella con un vaso de agua. Y sin necesidad de preguntarle adónde había ido Nour, mientras le ofrecía de beber, a media voz, imploró:

–Dios mío, a ti nos encomendamos.

Athir

El joven imán había pasado como un torbellino por la casa de Sherezade, después de oficiar la plegaria en memoria de sus parientes asesinados. Luego se había dirigido al cementerio, donde uno de sus tíos de mayor edad pronunciaría la oración fúnebre. Como tantas otras veces, los ancianos se habían hecho cargo de la situación, velando por proteger tanto a los vivos como a los muertos de los que comerciaban con las desgracias ajenas, y manteniendo a raya a aquellos políticos locales que hubieran querido convertir los funerales en una tribuna.

Aunque los rumores habían conseguido que el riesgo de enfrentamiento entre los que atribuían la masacre a los grupos islámicos y los que señalaban a las milicias planeara sobre todos, la ceremonia se desarrolló sin el menor incidente.

Alertados, los ancianos también supieron evitarlo.

Por lo demás, era frecuente que se recurriera al protocolo para neutralizar los potenciales conflictos.

Sólo Athir, en su calidad de imán, tomó la palabra para pronunciar un discurso sobrio y digno que concedió al acto un carácter verdaderamente trágico.

Cuando regresó a casa de su madre Rahma no estaba, pues se encontraba ayudando a la esposa del mayor de los Beni-Ameur a preparar la comida para después de los funerales.

Sherezade se disponía a salir, para ir a dar el pésame a su familia política; el joven se cruzó con ella.

Ambos se miraron calibrando la posibilidad de intercambiar alguna frase útil; luego Sherezade se hizo a un lado para dejar paso a su hijo.

De pie en el umbral, permanecieron un

momento callados, como si el silencio fuera una especie de respiración mental, una cámara de descompresión donde estabilizar la fuerza de sonidos y dolores que vivían en sus respectivas conciencias.

–Me gustaría que se la dieras a Rahma –dijo Athir entregándole una carta a su madre–. A ti hace tiempo que no te escribo, probablemente porque tengo la sensación de que me conoces mejor que yo mismo. Sin embargo, me gustaría que supieras que ahora sólo deseo tu bendición. Respecto a todo lo demás, quizá sea demasiado tarde..., al menos en estas circunstancias –añadió como si hablara para sí.

Al coger el sobre que le tendía, Sherezade sintió el deseo de abrazar a su hijo, cubrirle de besos, acariciar sus negros cabellos y decirle cuánto le quería, como cuando era pequeño, pero algo en ella se había vuelto definitivamente rígido.

–¿Te acuerdas de las excursiones que hacíamos a Aokas? –atinó a decir.

Athir no pareció sorprendido por la pregunta de su madre. No sabía dónde quería ir a parar, pero Sherezade tenía siempre esa manera tan particular de dar un rodeo, en el tiempo o en el espacio, para asestar entre los ojos del que la escuchaba alguna verdad insoportable casi sin darse cuenta.

Aokas estaba apenas a unos kilómetros de Bejaïa. Era uno de esos lugares mágicos de la infancia que la memoria engalana de cualidades maravillosas pero que la mirada adulta contempla sorprendida, al darse cuenta de las fábulas que es capaz de tejer el recuerdo con algunos árboles, una franja de arena fina y una playa interminable.

El muchacho cerró los ojos para imaginar una larga calle bordeada de plátanos. Con un estremecimiento delicioso, sintió en los labios el sabor de la sal y en su piel la espuma de olas estallando en miríadas de burbujas.

Tras interminables carreras en aguas azules, zambullidas alocadas que dejaban la piel en carne viva, venía la felicidad de ese apetito que te permite escoger de la higuera los frutos dulcísimos con que acompañar una galleta crujiente.

Aunque se atiborraran antes del mediodía, los niños quemaban tanta energía que esperaban con impaciencia el momento en que toda la familia se sentara a comer.

Las mujeres se habían pasado la mañana cociendo a fuego lento una variedad infinita de exquisitos platos a base de pimientos, berenjenas y tomates, y preparando ensaladas sazonadas con aceite de oliva virgen y hierbas frescas. Pero antes de sentarse, los niños debían recoger ramitas secas y romero, para aromatizar las brasas en donde acababan de dorarse brillantes pescados, de carnes sabrosas, que el pescador había sacado de las aguas esa misma mañana.

Como a la hora de la siesta estaban prohibidos los baños, iban a darse un festín de los sentidos en las famosas grutas de la región.

El agua cristalina que bajaba de la montaña serpenteaba entre las rocas, murmurando en la oscuridad ante el menor rayo de sol que quedara preso en las estalactitas.

Los niños aguantaban la respiración al ver el centelleo de ese universo de cristal que se escondía tan cerca de la hoguera de agosto que ardía en el exterior.

Aokas y sus veranos luminosos también habían sido para Athir escenario de carreras en el agua con esa prima de cabellos color de miel, más viva que la picadura de una medusa, que sabía nadar entre dos aguas sin que uno pudiera adivinar en qué momento iba a dar un magnífico salto de delfín, para recuperar el resuello sin perder un ápice de la ventaja que mantenía sobre los demás.

Un grito de dolor rasgó ese cuadro idílico cuando Athir recordó, una vez más, que ni el tiempo ni la sabiduría logran borrar el rastro que deja la maldad de los demás.

Fue a la vuelta de un garbeo por la gruta mágica cuando la reprimenda de la madre de la niña cayó sobre el muchacho, que acababa de cumplir diez años.

Más de veinte años después, y a pesar de los horrores de los que había sido testigo, Athir revivía esa agresión como uno de los rostros de la monstruosa banalidad del mal. Sin esa maldad, las atrocidades cometidas durante las guerras quedarían reducidas a algunas magulladuras escandalosas pero escasas.

Más que cualquier fanatismo, era ese estar hechos de mediocridad, de ignorancia satisfecha y de odios tenaces lo que transformaba la menor diferencia en conflicto y el menor conflicto en violencia.

La mujer, presa de cólera y con el pelo alborotado, había salido al encuentro de los niños gritando una marea de injurias y de odio sobre los dos pequeños, estupefactos, acusándoles de desvergonzados.

Pero lo peor para Athir había sido que les arrastrara, a su prima del pelo y a él por la oreja, hasta el centro de la asamblea de adultos, para acusar a la madre del muchacho de estar educando a su «bastardo» como un vicioso seductor de chicas decentes.

Todo el odio pueblerino que esas gentes tranquilas sentían hacia la forastera surgió entonces, salpicando para siempre de veneno y bilis la conciencia de Athir.

Lo más duro fue ver cómo mancillaban el honor de su madre sin que nadie abriera la boca para protestar, como si todos hubieran esperado ese momento.

Sherezade se levantó, erguida y digna, para abandonar una casa en la que jamás volvería a poner los pies, y no despegó los labios más que para encomendar el alma de esas criaturas a Dios.

Athir sufriría siempre el impacto de ver en los ojos de esas gentes el resentimiento hacia un Dios que había sido capaz de crear a alguien tan distinto a ellos como esa mujer. Y creció apegado a la idea de que sólo Dios podía poner orden en los asuntos de los hombres, cuando éstos se dejaban llevar por sus pasiones hasta el punto de destruir los sueños de un niño.

Sherezade observó el rostro de su hijo; leía en él como en un libro abierto.

En el momento en que el joven abrió los ojos ella se volvió hacia la ventana y se puso a hablar como si aquel espectáculo estuviera ahí, ante sus ojos.

–Recuerdo que las estalactitas te fascinaban porque alguien te había dicho que eran las lágrimas de una mujer que lloraba por su amado... ¿Sabes?, el interior de ciertas personas no es muy distinto de esos espacios cerrados sobre sí mismos. Sus almas van tomando gota a gota la forma de sus sinsabores.

Sherezade parecía haber envejecido bruscamente cuando añadió en voz baja:

–He sufrido tantas penas, que han terminado por apropiarse de una parte de mi ser, en la que cada nuevo dolor va a ocupar tranquilamente su lugar. Sabes hasta qué punto te llevo en el corazón, pero jamás he podido distinguir claramente, en el revoltijo de emociones e ideas, aquello que realmente vale la pena decir.

–Tienes alma de pastor, madre –respondió suavemente Athir–. Te preocupas por el rebaño pero no compartes sus emociones. La verdad es que yo soy como tú... Voy a tener que ausentarme durante un largo período, espero que volvamos a vernos en tiempos más clementes.

–Le daré la carta a tu mujer y velaré por tu hijo –sonrió Sherezade–. Supongo que debes de haberle escrito que el nombre del niño tiene que ser Mohamed Alí.

El rostro del joven se iluminó con un gesto discreto como el de su madre, dos sonrisas que se encontraban para superar la desgracia con amor y, sobre todo, con lucidez.

Sherezade

Hacía rato que Athir se había marchado cuando los militares fueron a detenerle. El oficial al mando iba vestido de paisano. Ordenó que registraran la casa y pidió los papeles de toda la familia. Al ver cómo Nour le tendía su documento de identidad, Sherezade revivió la escena ocurrida cuando los militares irrumpieron de noche en su escuela, un año después de la independencia. Revivió todas las demás veces en que los soldados franceses surgieron en las noches de su niñez, los desgarradores gritos de las mujeres aferradas a los cuerpos de esos hijos que la oscuridad engulliría para siempre, y todos los miedos que le retorcían las entrañas cada vez que los golpes en la puerta resonaban en las madrugadas de su adolescencia.

Al verse, a los quince años, escribiendo en las paredes las palabras «Libertad» e «Independencia», Sherezade sintió la necesidad de salir corriendo a la calle, para gritar hasta que se desvaneciera esa pesadilla que se negaba a terminar.

Tanta intimidad con la guerra la estaba asfixiando.

Nacida durante la guerra, crecida en medio de la guerra, y ahora ¡ver a sus propios hijos inmersos en una nueva guerra!

Sin embargo no se movió.

De pronto, acababa de descubrirse a sí misma en una de las manifestaciones ocurridas poco antes de la independencia, mezclada a miles de mujeres y niños que acudían en tropel desde todas partes, como en la peor pesadilla de un colono europeo. Mujeres que se echaban a la calle lanzando terribles gritos, y niños que coreaban «Argelia independiente» corriendo como si la Libertad estuviera ahí, al final de la carrera, acogedora cual una madre que les abriera los brazos.

Sherezade vio de nuevo a la muchedumbre rodeando un tanque de cuyo interior sacaban a empujones a un soldado francés, mientras un niño de ojos negros y maravillados plantaba una bandera en la torreta.

–Los actos más simbólicos son como el mensaje de la esfinge –dijo dirigiéndose al oficial–, nunca se tiene la clarividencia suficiente para descifrarlos del todo.

El militar la miró irritado, pero antes de que pudiera decir palabra ella continuó:

–Pensaba en la alegría que nos daba ver desfilar a los soldados en los primeros días de la independencia, felices ante la idea de tener por fin un ejército propio..., como el de los franceses.

El oficial enarcó una ceja y terció, socarrón:

–Supongo que ahora se siente usted menos feliz...

Sherezade miró por la ventana.

La noche se rezagaba, un perro aullaba a la muerte, arriba, en la montaña. La mujer creyó oír, incluso, el sonido de una gota de agua cayendo sobre una estalagmita en la gruta umbría de Aoukas.

–Las emociones no cuentan –dijo–. Lo que cuenta, ahora, es el sentido de las cosas. Haber deseado un ejército, un Estado, una administración como la de los franceses no fue un deseo sin consecuencias. Sobre todo porque, de Francia, sólo conocimos la colonización y la guerra. Si nuestra experiencia hubiera sido la del país de las Luces y de los Derechos del Hombre todo habría sido distinto.

Mientras devolvía los papeles a Nour con un gesto brusco, el militar respondió:

–No hago filosofía estando de servicio.

Luego se volvió hacia el muchacho para pedirle que, a las nueve de la mañana siguiente, se presentara en la central de policía.

Nour

Esa noche Rahma tuvo las primeras contracciones. Sherezade se quedó con ella, mientras Nour velaba el sueño de Taous y de su pequeño hermano.

El joven fumaba en el balcón, la oscuridad apurándose lentamente al grito de la lechuza. En ese momento, le hubiera gustado tener cerca a su amiga Ouma. Rahma y su madre eran mujeres de carácter ante las que no podía mostrarse completamente sin sentirse ridículo.

Se ajustó el walkman.

La flauta desplegó su lamento, aguda y lenta a la vez, arremolinándose como pluma que cae del ala de un águila gigante.

Nour dio una calada al cigarrillo de hachís, el sonido enlazando las volutas del humo aromático, antes de aferrarse a los acentos rugosos de una lengua antigua.

Al resbalar por las fisuras de la voz cascada del poeta que inicia el canto, antes incluso de que termine la primera estrofa, el corazón se eleva con ligereza, para que la flauta se mezcle con el martilleo sordo del paso de los bailarines en la arena.

La mezcla de sonidos, el crepitar púrpura e índigo de la hoguera y los efluvios del *kif*, parecen exacerbar el desorden. Pero el grito amoroso del poeta y el impulso de las flautas hacia las estrellas en el cielo del desierto, cavan un lecho en la oscuridad para que sobre él se deslice un furioso río subterráneo.

Nour dejó escapar un suspiro de dolor y de deseo.

Era Ouma quien le había enseñado a entrar en comunión con el Ahellil, ese género musical que era un producto inacabado, basado en ninguna receta y que sólo tenía sentido en el encuentro.

La chica procedía de Mauritania, de la costa africana del Atlántico donde se unen las profundidades del desierto y el océano.

Nour oyó su cálida voz diciéndole:

–El Ahellil es la expresión del sufrimiento del hombre de las arenas. Si ignoras esa expresión corres el riesgo de dudar del sufrimiento mismo.

Desde su primer encuentro, los dos jóvenes se habían sentido unidos sin demasiados discursos pero con fuerza.

Al quitarse los auriculares, Nour contempló los primeros rayos del día deslizándose con suavidad sobre el manto oscuro de la noche.

Cuando se reunió con él, la madre supo que el hijo había tomado una decisión que no pensaba cambiar.

Sherezade le tendió un cafe caliente y se sentó a su lado sin decir palabra.

–Voy a presentarme mañana para cumplir con el servicio militar –dijo el joven.

–Ya sabes lo que te espera –respondió la mujer–. Y no hablo de los riesgos físicos sino de la lógica bestial de toda guerra sucia.

Después de dar un sorbo a su café, Nour cogió una hoja de albahaca y la posó tiernamente en la mano de su madre.

–Sé que no soy lo suficientemente maduro para comprenderlo todo. Pero ni siquiera creo que sea necesario tener certezas sobre cada cosa. La mayoría de la gente no tiene más que opiniones superficiales y cambiantes sobre lo fundamental, y así pasan la vida.

»Pienso que lo único que cuenta, madre, y lo he aprendido de ti, es el deber de hacer lo que se pueda. En cuanto al resto, me basta con lo que he aprendido de la naturaleza. Digamos que me alisto porque no quiero escoger entre una milicia de pueblo, de partido o de bandoleros. Quizás un día podamos tener un ejército como ese que soñabais con la independencia, un ejército que sirva para proteger a los humildes, que nos respete y nos haga sentir orgullosos.

Sherezade miró a su hijo como si lo viera por primera vez y luego lo abrazó meneando la cabeza.

–No te he visto crecer, y ni siquiera sé si tienes razón, pero no puedo negar que sabes lo que quieres. Espero que Dios te proteja.

Con la oración del amanecer, la esposa de Athir dio a luz dos gemelos, un niño y una niña.

Sherezade le contó a la joven que al partir su hijo le había dejado una carta, pero que los militares se la llevaron cuando el registro.

–Athir quería que le llamaras Mohamed, por el profeta, y Alí, por su más fiel servidor, que le parecía el más justo y digno de sus compañeros.

–Mi hija se llamará Fátima... como la madre de Taous –dijo Rahma después de asentir.

–Allah ou akbar!

En el azul profundo de la noche, la llamada del muecín laceró el cielo iluminado por un relámpago, pero el trueno cubrió la voz.

La lluvia empezó a caer en trombas sobre el suelo.

Sherezade inspiró el perfume que exhalaba la tierra que se abría, sedienta, para acoger la oleada salvadora.

Abrió la ventana de par en par y luego, arropando a la joven madre con la sábana, le dijo tiernamente:

–Escucha el sonido extraordinario del trueno, pone a todos los hombres en su justo lugar. Hasta el que invoca a Dios no es, en definitiva, más que uno cuya voz puede cubrir. La única voz inextinguible y que ningún hombre puede dominar en otro es la que habla bajito en el interior de cada corazón. Escucha.